Richard Collasse Le pavillon de thé

茶室

リシャール・コラス

訳＝堀内ゆかり

集英社

茶室

政治家たちが力の限りの破壊を重ねてきた
日本の底知れぬ美しさに

1

一九八六年一月五日から六日の夜

茶釜の湯が蕭々《しょうしょう》と音を立てている。

冷たい空気のなかを湯気がひと筋、螺旋を描いて立ち上る。複雑に巻いてはほどけ、中空ではかない経文《スートラ》を綴る。釜が立てる響きがかすかに聞こえる。炉の中では炭火が揺らめいている。練香《ねりこう》（香の玉）の、しおれた花びらのような埃っぽい香りが茶室に漂う。

三本の蠟燭《ろうそく》が灯るのみで、部屋は薄暗かった。釜師の五代・大西浄入《じょうにゅう》により十七世紀に作られた見事な茶釜の表面に光が当たり、その光はさらに、床柱に掛けられた花入の、深紅の椿の蕾をそっと照らしていた。赤褐色の光が、畳の上、膝前に置かれた茶碗のざらつきを際立たせている。暗灰色の茶碗は、名高い陶工・樂家六代左入《さにゅう》、一七三三年の作で、京都の骨董屋の説明によれば、その年、赤い茶碗を百個と黒い茶碗を百個作ったうちの一つということだ。共箱と鑑定書に支払った金額を思えば、骨董屋の言葉を信じたくもなる。

男は正座している。日本人には自然な姿勢だが、耐え難い膝の痛み、足首の圧迫、腿のしびれは、外国人にとっては拷問であろう。しかし彼には二十年の経験がある。帯は下半身と上半身とをきっちりと分断し、着物は膝の丸みでぴんと張っている。腿にのせた両手は、合図を待っている小動物のようだ。

わずかなぬくもり。この茶室の気温は六度を超えていないはずだ。

外では一日じゅう、雪が降っている。深夜、完全なる沈黙。

呼吸はかすか。わずかに肺をみたし、実にゆっくりと吐く。鼻孔から息が漏れなければ、死者のように見えただろう。肉体の意識は消えた。あらゆる思考から解き放たれて、彼はもはや彷徨《さまよ》う魂にすぎない。いつからここにいるのか、もうわからない。薄明の影。目の前の障子をぼんやりと眺めて。

男ははるか昔から茶道をたしなんでいる。

この最後の晩、悟りの境地に到るのだろうか。この行は彼を悟りへと導くのだろうか？

悟りとは慈悲深い空《くう》であり、空の明白さは心や魂やからだを包みこむのだと、いっとき彼が足繁く通った鎌倉の円覚寺の住職は教えてくれた。

今、彼の魂と心は悲哀に満ちている。悟りに到達するためにひとつ欠けているものがあるとすれば――心の平静である。

しかし、それをいかにして見いだせるのだろうか。

日本は、底知れぬ神秘の深淵へと彼を沈めた。この国で、彼は平静という仮面に隠された情熱は、つねに悲劇的であるということを学んだ。悲劇のために生まれてきたわけではなかったが、彼は悲劇に耽《ふけ》り、おそらく悲劇に愉しみをも見いだしたのだろう。そもそも狂気の愛を穏やかに生きることなどできはしない。

時がたつにつれ、ゆるやかな忘却が後悔を打ち消してゆくと思うようになった。しかし、彼の望んだようには人生は流れてゆかなかった。

彼は寸分の狂いなく茶道の所作を体得している。その流れは、迷いなくすすむ書道の運筆にも似ている。「よどみなき流れが茶道の極意なのです」と彼の師匠は言った。裏千家の宗家の女性だった。

その夜、湯浴《ゆあ》みをしながら、目を閉じて点前の流れをイメージした。外科医が困難な手術を予習したり、レーサーがサーキットのコースを思い浮かべたり、音楽家が複雑な楽譜を解釈するのと同じように。パガニーニは、演奏会の前の二時間、部屋に閉じ籠《こ》もってベッドに横たわったと言われている。パガニーニにとって、それが演奏のために必要な時間だった。

湯の温もりのなかで、心地よい無重力のからだが、檜の浴槽にかすかに触れた。男はひととおりの手順をよどみなく思い描いた。

あとはもう実行するだけだ。

悟りへの到達のために。

その宵、炭を熾《お》こして茶室に運んだ。足袋を濡らさぬよう露地草履《ろじぞうり》を履いて。

炉の灰の上に星形に炭を置く。その炭に添えるように、胡粉《ごふん》を塗った枝炭を置く。それは対比《コントラスト》で目を楽しませるためだけに白く塗られていた。こうしたこともまた、茶道の美学なのだ。無意味なまでの完璧さ。彼にとって一番難しかったのは、自らのデカルト的近代合理主義を捨てることだった。

1

一九八六年一月五日から六日の夜

水を半分入れた釜を五徳の上に載せた。庭の井戸で汲んだ澄んだ水である。都会の真ん中で井戸を得たのは僥倖《ぎょうこう》だ。まろやかな水がご飯やウィスキーを美味しくしてくれる。しかしこれも、ほかのものたちと同様、間もなく消えてしまう。

彼はすべての所作を無意識下で実に正確に行った。湯が音を立て、用意ができたことを知らせる。さあ、はじめよう。

茶室に入るとき、客人たちが自分を待っていることを想像した。両手で水を入れた水指を持ち、こぼさぬよう細心の注意を払い、点前座《てまえざ》の正面に置く。次は左手に茶筅《ちゃせん》と茶巾と茶杓《ちゃしゃく》を仕組んだ茶碗、右手に棗《なつめ》を持ち、水指の前に置く。三たび水屋に下がり建水《けんすい》に蓋置《ふたおき》を入れ、柄杓《ひしゃく》を添えて茶室に入る。蓋置は、年代ものの竹の一節で、洗練された陶器ものよりも好きだった。柄杓の柄《え》の真ん中あたりには節《ふし》がある。そこを均衡の中心として、点前の手捌《てさば》きが決まるのであった。

男はあらためて正座し、建水を脇に置く。左手で柄杓を垂直に持ち、右手で建水の中の蓋置を取り出して炉の傍に置く。炉の上では釜が穏やかな熱を放っている。

右手で柄杓の柄を持ち直し、蓋置に柄杓を置き、柄をそっと下に降ろす。

それぞれの道具の配置は、亭主の手の届く畳の上に、緻密な宇宙《コスモグラフィ》を描いている。道具を取るためにからだを傾けたりしてはならない。体幹を動かさないことも茶道の調和の一部であり、所作を優雅なものとしていた。その夜、彼の唯一の対話者は、蠟燭の光で壁に映し出された己の影だった。

帯にはさんだ紫の帛紗《ふくさ》を左手で抜き取り、右手で角を持ち、からだ正面にかまえる。右手で帛紗の先を下に垂らし、左手で縦に三つ折りし、それを右手で横に二つに折り畳む。絹の布はあたかも彼の手のなかで生きて喉をひくひくと震わせる小鳥のようだ。このシンプルな作法がRには難しい。見せてはならない辺を見せてしまったり、布を強くつまみすぎてしまったりと何度失敗したことか。帛紗捌きは、頭ではなく心で学ぶもの、と何度師匠に言われただろうか。

しかし心で学ぶためには、その心が澄んでいなければならない。

左手で、抹茶の入った棗を取り、蓋と縁を拭く。それは官能的な清めの儀式で、腰の曲線《カーブ》に軽く触れるときに似ていた。美しい黒漆の器は、利休好十二器のひとつ「雪吹《ふぶき》」。この棗は丸くなく、むしろ男性的である。金銀の象嵌の梅の枝が上に伸び、蓋の上で蕾をほころばせている。季節の先取りを尊ぶ茶道にはぴったりの棗である。

棗の蓋を取り、内側の絵柄に見蕩《みと》れる。この柄は覚えていたが、目にするたびに繊細さに心が動かされる。抹茶の粉が漆の内壁に、緑色の反射となって映っている。

茶碗の上に置かれた茶杓を人差し指と親指で摑《つか》む。茶杓を左の手のひらに畳んだ帛紗に載せる前に、櫂先《かいさき》を見つめる。ほっそりと華奢な柄から櫂先へと繫がる完璧なカーブ。穏やかな悲しみにとらわれ、胸が締めつけられるのを感じる。

茶杓を帛紗の上で三度、丁寧に行き来させる。櫂先に触れるたび、動きを一瞬止め、指の力をゆるめて右手はもとへ戻る。

男は思いをめぐらせはじめた。何年も前、この茶杓を作った職人の玄孫《やしゃご》を訪ねて京都近郊まで赴いたことがある。長い間稽古を続けたことを認められ、師匠からこの茶杓を贈られた。名工の家の庭の片隅には、小さな竹林が柵で囲われていて、このささやかな道具の材料となるのだった。名工とともに代々引き継がれた竹林であった。

夜の静謐の中で、この瞬間、男が指先に感じていたのは、受け継がれる技に込められた人間の不死性、そして人間が作るものの永続性である。

抹茶の入った棗の上に茶杓を丁寧に置く。彼はこの瞬間が好きだ。ここにあるすべてが調和している。釜のなかで音を立てる湯、手のひらの帛紗の絹の柔らかさ、棗の蓋のわずかな膨らみ、茶杓を載せるときの指の感触、棗を明るく見せる茶杓の褐色、ひと吹きの息で崩れてしまう、壊れやすい均衡。

意識の集中が戻ってくる。内面を揺蕩《たゆた》うままに任せていたのは、放心のためではない。的確な所作のためには、意識を対位法的に用いる必要があるのだ。しかし、それぞれの所作は深い瞑想の果てにあることも彼は理解している。

いよいよ茶杓を取り、茶碗に抹茶を入れ、茶を点てようとしていたときのことだ。入ってくる音は、男には聞こえなかった。

いつの間にか躙口《にじりぐち》脇の壁にもたれ、その女性は彼の面前に立っていた。振り袖姿の肩には黒いカシミアのショール。雪片がはらはらと積もり、溶けかかっている。床の間の壁に影が大きく映っている。

気がかりなことがあるときによくそうしていたように、彼女は首を傾げていた。髷《シニヨン》にさした銀の簪《かんざし》が蠟燭の炎を映して、かすかに震えている。透き通るような肌が灯りに際立つ。口元には謎めいた微笑が漂い、口角は上がり、魅力的な〝,〟《カンマ》を形づくっている。付き合いはじめのころ、指先で彼女の口の端をさわってみたことがあったが拒みはしなかった。愛撫は西洋のものなのだ。

彼女は彼を見つめているが、物思いに耽るような眼差しは、見知らぬ風景のなかに迷い込んでいる。かつて贈った生成りのシルクの小さなバッグを持ち、手を組んでいる。呼吸とともに、バッグがゆっくりと揺れている。

着物の帯留めはダイヤモンドがちりばめられた銀製で、蠟燭の光にきらめいている。どうしてここに? 仏壇の抽斗《ひきだし》の、漆の小箱のなかにしまわれているはずだった。

先ほどまでゆっくりだった彼の心臓が、早鐘のように打つ。

彼女の名を口にしたい。夜ごと、月ごと、何年にもわたって絶えず頭のなかを渦巻くその名を発したいのだが、それができない。ただ手を差しのべ、こちらへ来るよう促すだけだ。

彼女は一歩、前に進む。彼女の足袋が畳を滑る音、衣摺れの音が聞こえる。樟脳《しょうのう》のかすかな匂いが着物から立ち上る。

しかし突然に、彼女の影は曇る。薄明かりに呑み込まれるようにして、その姿はゆっくり溶け、彼女のいた場所は、またもとの茶室の壁に戻る。蠟燭の炎はかすかにゆらめき、虚と実のあわいの影を踊らせている。釜からは、変わることなく湯気が立ち上っている。男はただひとり、茶室のなか。湯の沸く音に時折乱される寒い夜の沈黙のなかにいる。男ははるか前からひとりだ。

心を乱しつつ、棗の上の茶杓に軽く触れた手を動かす。茶杓が小さく音を立て、帛紗の上に落ちる。それは亡霊のささやきのようにひそかだが、男は悲しい現実に引き戻される。

男はずっと前から、悟りを開くことが不可能だということを理解している。

2
一九六五年

Rが仕事をひと通り覚えてしまうまでに、さほど時間はかからなかった。

フランス大使館儀典課の仕事は、いっときは面白くも感じたが、もはや倦《う》んでいた。一名も漏れてはならない招待客リストを作成したり、時間をかけて席次案を練った挙げ句、誰かのつまらぬ虚栄心を満たすために直前に変更したり。出張もそれほど楽しいものではなかった。仕事で知り合う日本人、麻布界隈の警察官や外交官とのあいだに友情も生まれていた。しかし同時に、同僚たちの足の引っ張り合いや馬鹿げた嫉妬もあった。うっかり夜道も歩けやしない。ただひとり、彼より少しばかり年上の外交官、トロアデックだけが裏表のない好意を示してくれていた。

思えば東京オリンピックのあった一九六四年、さまざまな出来事があった。オリンピック開幕の九日前にあたる十月一日、東海道新幹線開業式典に招待されたのはいい思い出だ。大阪まで七時間かかっていたのが、これからは時速二一〇キロの弾丸列車で四時間だ。試運転では、フランス国鉄BB電気機関車の速度記録を破った。大使館ではフランス選手団の歓迎パーティの準備で大忙しだった。

しかし、この熱狂がひとたび冷めると、彼は無力感に襲われた。

彼は思いはじめていた。こんな単調な生活のために生きているのではない。これは誤った認識だったが、人は必ずしも自分のことをすべてわかっているわけではないものだ。

こうした大使館での退屈なパーティで、あるとき彼は、千家家元夫人と知り合った。夫人はソルボンヌ大学への留学経験もあり、美しいフランス語を話した。

「わたくしどもの文化にご興味がおありのようだけれど、より深い理解をお求めならば、茶道をなさるといいわ。主人の姪が東京におりますから、お稽古に通われたらいかが?」

それから、夫人はRの手に名刺をさっと渡し、言い添えた。

「あなた、姪の若いお弟子さんたちの人気者になるわ。そのブロンドの巻き毛と青い目でね」

この場にふさわしい慎みから目を伏せつつ、夫人に謝意を伝え、名刺を上着のポケットに入れたまま忘れていた。私利私欲のない上品な誘いに見せかけた客引きに屈しまいという強い意志があった。

二週間後、家元夫人から電話があった。彼のために、姪に連絡してくれたという。

「今度の月曜日だけれど、ご都合はよろしいかしら?」

夫人の顔をつぶさぬよう、また一方では面倒臭さも手伝って、承諾し、呼び出しに応じた。この先、どんな罠が待ち受けているか想像もせずに。

ところが実際のところ、Rは茶室の畳の上に漂う、えも言われぬ雰囲気にすっかり魅了されてしまった。清澄庭園の穏やかな池のほとりに花開く睡蓮のような茶室。清澄庭園は江東区の深川にある。

斎藤先生は、家元の叔父の流派である裏千家の茶道の師匠だ。白髪まじりの年配の女性である。太り気味で陽気、着物を完璧に着こなしている。温厚な佇まいの奥に穏やかな威厳があり、弟子が点前のわずかな所作を間違えたときに、それを覗かせる。先生が「すー!」と歯の隙間からもれるかすかな音を立てると、その場に緊張が走り、和やかなおしゃべりはやむ。

Rは、のんびりしているように見えて忍耐強い性質ではなかったし、落ち着きもなかった。当時は五分としてじっとしてはいられなかった。座っているときは貧乏ゆすり、手が空いていれば爪を噛んだ。

会議など集中を要するときも、気もそぞろだった。すなわち、茶道の儀式を包み込んでいる豊かな緩慢さほど、彼に似つかわしくないものはなかったのだ。茶道では、ミリ単位の動き、平静さ、肉体からの超脱が要求される。


しかし、初めての稽古見学では、白足袋をはいて滑るように歩いたり正座したりする操り人形のような若い娘たちに囲まれ、ただひとりの外国人として、妙な心の平和を感じた。観察していた二時間あまり、弟子たちはひとりひとり、厳密に同じ仕草で作法に専心する。身も蓋もない言い方をすれば、茶道とは茶碗にいれたお茶を出す、それだけが唯一の目的だ。だがその裏に、精神の完全なる抑制が隠れていることを彼は見抜いた。


稽古が終わり、若い女性たちが水屋で道具を洗って片付けていると、斎藤先生に呼び止められ、その前に座った。

「Rさん、本日はいらしてくださって光栄です。退屈なさったようにはお見受けしませんでしたけれど」

先生は言った。

「どうもありがとうございました」

敬意を込めて深く一礼し、彼は答えた。

「茶道というものは、底なしの井戸なのですよ。ヨーロッパではたしかダナイデスの樽(ギリシャ神話。地獄で穴のあいた容器で水を汲むという劫罰《ごうばつ》に処せられた話)と言うのでしたかしら。極めたと思うほどに、遠ざかってゆくのです」

彼はうなずいた。

「おっしゃる通り、お稽古のあいだ、お湯を汲んでは注ぐことを延々と繰り返していましたね」

思い切って彼は冗談を言った。

斎藤先生は優しく微笑んだ。

怪しいユーモアを打ち消すように彼は言った。

「先生のもとでお稽古したいのですが」

「これまで外国の方にお教えしたことはございませんが、わたくしのささやかな知識がお役に立てれば幸いです。習いごとは熱心なほうですか?」

「しつこいくらいです」

「いや、おうかがいしたかったのは、お仕事がおありでも、毎週月曜日に稽古にいらっしゃることができるのかどうか、です。夜のほうがよろしいでしょう?」

斎藤先生はそう話しながら、入れ代わり立ち代わり跪《ひざまず》いて挨拶をしてゆく弟子たちに会釈で応じていた。皆先生の前に、縦長の封筒を置いてゆくことに、Rは気づいた。先生は視線を落とさず、コブラのような速さで封筒を袂《たもと》に滑り込ませるのだった。

「毎週月曜、僕はまったく問題ありません。先生にはご迷惑をおかけすることになるかと思いますが、どうぞよろしくお願い申し上げます」

Rは丁重に言った。

斎藤先生は明るく笑った。

「少なくとも、あなたとお話しするために私がフランス語を学ぶ必要はありませんね。五分間も正座できることにも驚きました。では、月曜日に、よろしければ来週からでもおいでください。詳しいことは、助手がこれからご説明しますね」

彼は一礼し後ろに躙った。もう一度深々と頭を下げてから助手の女性に導かれて隣の部屋に入った。

記入すべき書類など何もなかった。用意すべきものは、白足袋、茶道用の短い扇子、懐紙、稽古の終わりに斎藤先生に謝礼を手渡すための封筒のみ。謝礼の額を伝えるときには助手は恥じらいから小声になった。日本人は、そうした物事を伝えるのに、なんと美しい婉曲語法を用いることか。

それは驚きのはじまりでしかなかった。その情熱の行く末を知っていたとしても、彼はおそらく同じ過ちを繰り返しただろう。歯車は、彼をやすやすと捉えてしまった。

彼は茶道にのめり込み、新たに生まれた集中力と勤勉さ、そして抜群の記憶力とで、自分が思っていたよりはるかに早く上達した。数カ月すると、彼の所作は流れるようになった。その自然な動きは優雅と言ってもいいほどで、斎藤先生の歯の隙間からもれる、注意を促す「す、すー」も滅多に聞かれなくなった。

師に勧められるまま、家での稽古に必要な道具も揃えはじめた。下町駒込に引っ越したばかりだった彼は、早速、家の奥の一間を茶室にすることにした。余裕ができたら本物の茶室を建てるつもりだった。庭は茶室ひとつを建てるに充分な広さがあった。

給料の大半を注《つ》ぎ込んで、釜師十三代大西浄長の釜をはじめとし、魯山人の茶碗、茶杓、漆塗や象牙や銘木などさまざまな茶道具を手に入れた。いずれも名のある職人や芸術家の手によるものであり、いくつかは人間国宝によるものだった。それらは目が飛び出るほど高価で、無知な外国人たちに値段を教えると、馬鹿げたことに金を使うと驚かれた。

竹の箆《へら》を曲げたもの、ざらざらした焼き物の茶碗、粗削りな釜が、どうしてこれほど高価なのかと。

ただひとり、トロアデックだけが、冷笑主義《シニシズム》の裏に日本美術への情熱を隠し持っており、理解を示してくれた。

ただし家元夫人のほうから声をかけてきたことをRが言ったとき、トロアデックは高笑いした。

「茶室のやり手女将《おかみ》に捕まったってわけか！　まあ、がんばってくれ！」とはいうものの、トロアデックはときどきRの京都行きに同行し、なじみの骨董屋に案内してくれた。その屈託のなさは、Rを新宿駅裏の売春宿に連れて行ったときと同様だった。

Rは情熱を満たすための散財を契機に、早急に民間企業に移ろうと決心した。外交官の給料では足りなかったし、新たな任地への配属の時期も迫っていた。

日本を離れたくなかった。今Rは抗いがたい力によって日本に引き止められていた。

3 一九六三年―一九六五年

大使館で働くようになって、彼は甘ったれた学生から、自立した存在へと変容を遂げつつあった。完全に責任ある立場ではないが、人生の軌道がはじまっていた。
大人になるとは、いいものだ。

真っ当な体面の裏側に甘美な退廃を見せるこの国で、彼はかなり放埒《ほうらつ》な生活を送り始めていた。
彼よりわずかばかり年上の同僚は皆独身だった。トロアデックが日本のエロチシズムの手ほどきをしてくれた。背徳と純真さの、優雅《エレガンス》と俗悪の奇妙な混合。

夕食後、ふたりで新宿駅のあたりに向かう。いかがわしいバーに入ると、派手な着物を着たホステスたちが待っている。腰を下ろすや大量の水を加えたウィスキーが運ばれ、女たちは有無を言わせず男たちの手をとり股を広げる。その間、ホステス同士はたわいもないおしゃべりを続けていた。事がすむと、客に熱いおしぼりを渡し、着物の裾を直しながら次のテーブルへ移り、同じように屈託なくほかの客を迎える。

それから、ふたりはパチンコ店に行って女の子を引っ掛ける。どちらかの家に連れていき、冷えたシャンパンの栓を抜く。笑うとき、法螺《ほら》貝のようにすぼませた片手で口元を隠しながら、女の子たちはすぐに靡《なび》く。彼女たちはシャンパンをとても気に入る。なかには初めてだという子もいた。トロアデックとRは賭けをした。獲物をより早くベッドに連れ込めるのはどちらか？　たやすく賭けに勝つのはいつもRだった。経験では劣るものの、Rの金髪と青い目が、ブルターニュ出身らしく褐色の髪と目の同僚より有利なのだった。

こうしたことは何の実りももたらさなかった。翌朝、酔いから醒めた女の子たちは、ブラウスと黒いスカートを着て、化粧を直し、髪を整え、地下鉄で仕事に向かう。忘れがたいパーティに誘ってくれた親切な外国人に何度もお礼を述べたあとで……。

とはいえ、次第にふたりは放蕩に飽きてきた。Rは、女性との関係にもう少しロマンチックな何かを求めはじめていた。

Rが初めて愛していると思った女性と出会ったのは、とあるパーティでのこと。それは、外交官たちが好んで開く、数多《あまた》ある宴のひとつだった。

主催の外交官邸宅は、特徴のない大きな白い建物で、唯一良いところは天井を高くとった広い居間だった。そこにはどこか映画館を思わせる二階の高さのロフトがあった。居間の奥は、ごく小さな装飾用の庭園に面していた。日本の伝統的建築を模した引き戸が額縁となり、庭が一枚の絵のように見えた。

この庭をつくった庭師は、京都の有名な庭園を模倣していた。鹿威《ししおど》しもあった。


その夜、居間の中央では――スペースをつくるため家具は壁に寄せられていた――二、三組の男女がけだるく踊っていた。まだたっぷりあるビュッフェに群がる客もいた。スーツ姿の数人の若者たちが、六月末の暑さにもかかわらず襟元のネクタイもゆるめず、妙に規則的なベース音をかき消すようにして、低い声でしゃべっていた。

夜も更け、物憂げな空気が漂っていた。肩を露わにした女性たちは美しかった。杯多く飲み過ぎたシャンパンのせいで、軽い幸福感が世界とRとをほどよく隔てていた。彼は踊らない。ダンスが好きではなかった。ビュッフェのカナッペやタルトをつまみ、あまり語らず、たくさんの話を聞いた。

庭の前に立ち、鹿威しのリズムと自分の心臓のリズムを合わせて瞑想した。自分の周囲に繭《まゆ》を織りあげてゆくと、五感は徐々に麻痺して、陶酔状態になった。

ふと憂鬱《メランコリー》が彼を襲った。パリに残してきた両親のことを思い、両親からも、自分の家からも、自分自身からも遠く離れていると感じた。

家の主人に軽く肩を叩かれ、Rは夢想から抜け出た。

「ここには女性もいるのにね」

彼は身震いした。パーティのあとに用事があるわけではなかったが、夕べの物憂い甘さから郷愁に捉えられて、家に帰ることにした。主人に礼を述べ、クローク代わりになっているロフトに昇り、ベッドに投げ出されたジャケットを取りにいった。

そこは薄暗かったが、窓のブラインドから街灯の光が薄片の連なりとなって差し込んでいた。その夜の女性たちのまとった香水が気まぐれに混ざり合った香りが淡く漂い、ロフトの静かな影と完全に調和していた。くぐもったベースの音が単調に響き、半開きの窓から、鹿威しの永遠につづくリズムが聞こえた。石と水と木のリフレイン。

そのとき、Rはその女を見た。

彼女は黒い革の梨形の肘掛け椅子の上で、仰向けの頭を肘掛けにもたせかけ、からだを反らせていた。この弓なりの体勢は、ブラウスの下の胸元からつづく喉元をくっきりと見せていた。卵形の顔は、漆黒の髪に縁取られ、天井を見つめていた。

気分が悪いのではないか、と彼はまず思った。しかし彼女の顔には疲労と不調の兆候は見られなかった。逆に顔は石のように無表情だった。扉に背を向けていたが、身を反らしていたために彼女はすぐさま彼に気づいた。彼女の顔にはいささかの動揺も見られず、眼差しは穏やかだった。大丈夫かと彼が尋ねようとしたとき、彼女はその美しい唇に人差し指をあてた。

暗闇に目が慣れてくると、何が起きているかが判明した。若い女は両膝を開き、高く上げたヒールの先を、香水瓶が並ぶ鏡台《ドレッサー》の上に載せていた。サンダルの黒いリボンが乳白色のくるぶしの上に際立っていた。スカートは股の付け根まで上がり、腿が露わになっていた。真夏でもストッキングをはく日本人女性の習慣に反して、彼女は素足だった。ブラインドが縞模様の影を落とし、そのサテンのような肌艶を強調していた。

光と影のバランスは完璧で、直線と曲線の組み合わせも申し分なく、柔らかくすべすべした形は、脆《もろ》く透き通るようなこの女性の調和を保っていた。

漂う気怠《けだる》い官能性が、彼女をことさら美しく見せていた。

腕を腿の上へと伸ばし、両脚の間にしゃがんだ男の頭に手を置いている。深紅のマニキュアをした長い指が、相手《パートナー》の髪のなかで見え隠れしていた。

Rの知らない男だった。スツールの下で身を丸めた男は、女性の花芯に顔をうずめて、あくせくと頭を動かし、ぴちゃぴちゃと嫌悪感をもよおす音を立てていた。

困惑してRは顔を上げて視線を逸らしたが、そこには鏡台があり、鏡に映った同じ場面がさらに生々しく彼の目に入るのだった。


女性のほうは誰だかわかった。名高い実業家の娘で、大使館文化部で働いていた。文化部の建物は、政治部の建物と別棟だったので、すれ違うことは滅多になかった。ふたりの接触は、時折、中庭での表面的な挨拶「ボンジュール」「ボンソワール」に限られ、その先の会話を続けたいというRの思いに対し、彼女のほうは投げやりだった。彼女は品があり近寄り難く、Rは日本の社会がどれほど閉鎖的かを知っていた。

今ここにいるのは、当の彼女だった。目の前で、虚ろな眼差しで彼を見つめている。その視線に困惑して、彼は腕を伸ばし、長いまつげにからまった髪を取り除くそぶりで、手のひらを彼女の額に置いた。すると彼女の手もすぐに男の頭を離れ、Rの手の甲に重ねられた。彼は身震いした。

どれだけの時間動かずにいたのか。肉体の接触は眼差しの接触に変わっていた。この額、この手から、身を離すことはできなかった。肌を通じて彼女の諦観のようなものが伝わってくるようだった。

そしてRはもう、彼女の開いた脚も胎内に潜った男の下劣な行き来も気にならなかった。覗き魔でも目撃者でもない。退けられつつ誘惑され、自分の手に重なる女性のほっそりした手を見つめていた。深紅の爪は、残酷で鋭敏な猛禽《もうきん》類の血まみれの爪のようで、彼はその獲物なのだった。

階下では、誰かがステレオの音を下げていた。鹿威しの音だけがリズムを刻んでいた。部屋の外で、高らかな笑い声が婚礼の行列で投げられる薔薇の花びらのように舞った。Rはかつてないほどの強い結びつきを感じていた。自分の手に重なる女性の手のひらの温もり、薄明かりと溶け合った繊細なフォルム、螺旋を描いて立ち上る香水、かすかな音、唾液の沈痛な苦みにいたるまで……。これほどの要素を、いっときのはかない快楽のために組み合わせるとは、どんな天才も思いつかなかっただろう。

ようやく、女性の軽い動きとかすかな震えが、不動のひとときを打ち砕いた。

手を引っ込めたかった。軽く、しかし有無を言わさぬ力でその手は押さえられ、彼女の指がRの指に熱く絡み付いた。手のひらに驚く力で爪を立てられ、彼は痛みで叫びそうになった。

そして突然、彼女の片手は男の髪を摑み、まるで犬の耳についたノミを取るかのように乱暴に引き剝がした。男は呆然として、顎を湿らせ、目を白黒させてあえいでいた。深い夢から目覚めさせられたかのようだった。

「さあ、出ていって頂戴！」

若い女性は軽蔑を込めて言い放った。Rはこの言葉が、自分に、男に、あるいは両方に向けられたものなのか、わからなかった。

男がわれに返り闖入《ちんにゅう》者の存在に気づく前に、Rは手のひらに食い込んだ鋭い爪を振りほどいて、蒸し暑い夜の闇に姿を消した。ジャケットは置いたまま、手のひらに、小さく青い三日月形の爪痕を残して。

車に乗り込むと、ウィンドーをとんとんと叩く音がした。彼女だった。

「お忘れになりましたよ」

ジャケットを差し出すと、「厚かましいお願いですけれど、送っていただけないかしら?」

彼を見下ろし、こう言い添える。「地下鉄の駅まで歩くには暑すぎて」

答えを待たず、ドアを開け、彼女は助手席に座った。

家の前で車から降りた彼女は言った。

「近いうちに映画でもご一緒しません?」

＊＊＊

数日後、ふたりは映画館のある渋谷に向かった。

しかしどの上映にも、ふたりの姿はなかった。

高架下に車を停めるや、スカートを捲《まく》り、ハンドルを避けて腰を前に倒したまま跨《また》がった彼女は、快楽で身を震わせながらからだをこすりつけてきた。そして、馬乗りになったときと同じ素早さで助手席に戻り、スカートの皺をのばし、さっと髪を手櫛で撫でつけ、車から降りた。

「映画を見に行くには遅すぎると思うの。お腹空いたわ。ごはん食べに行きましょう!」

彼女は彼を連れて、煙の充満した焼き鳥屋に入った。ふたりは焼き鳥を食べ、ビールを飲みながら、たわいのないことをたくさん話した。食事を済ませたあと、家でもう一杯飲まないかという彼の誘いは、終電の時間だからと断られた。会計の隙、コートを羽織ってハンドバッグを取り、くるりと身を翻《ひるがえ》した彼女は、彼をその場に残して姿を消した。無邪気に黒いストッキングの脚を見せ、手で軽く合図をして。

その後、彼女はRとデートすることは一切なかった。大使館の中庭ですれちがっても、頭を軽く下げて会釈するだけだった。

Rのほうはロマンチックな方針は捨て、出会いに身を任せることにした。ブロンドの髪と青い目のおかげで、女性を引っ掛けるのに苦労はなかった。そのふたつが、彼のぱっとしない顔立ちと、凡庸でユーモアのない会話を充分に補ってくれた。ときには週に二、三回、歌麿の浮世絵のような官能に耽る。その欲望のうちには、激しい探求心があった。

この国において男女関係を支配しているのはいったい何か。日本の男女の感情を覆っている不透明な薄布《ヴェール》を、彼は引き裂いてしまいたかった。そんなヴェールが本当にあるのかと疑問をもつこともあった。しかし、経験を重ねるにつれ、彼は知ることになる。男女関係における洗練された恍惚感と、恐ろしいほどの激しさ。新しい出会いのたび、彼はそれまでの経験からでっち上げた見解を見直さざるを得なかった。

彼が家に連れ込んだのは、派手な化粧にミニスカートの女の子たちだった。その黒いストッキングの縫い目《シーム》は途方もなくエロチックな領域に向かって立ち上っていたが、国境は超えがたいものであることを彼はいずれ知ることになる。

あるとき、大層〝かまとと〟ぶった女の子を迎えたこともあった。音大でバイオリンをやっているという話のつまらない学生で、つねに伏し目がちで化粧はしていなかった。髪はひっつめにまとめ、グレーのギャバジンのスカート、ブラウスはご丁寧に一番上までボタンを留めていた。お茶を淹《い》れるためにお湯を沸かしにいった彼が台所から戻ると、彼女は炬燵の前に全裸で正座していた。服は脇に丁寧にたたんである。彼女は単刀直入に頼んだ。「私の胸をなめてくださいませんか?」

その後は、燃えるような一夜となった。

なかでも一番驚いたのは、レストランで知り合ったミッション系女子大の学生との出来事だった。知り合って間もないころ、彼女はRの手をとり、ラブホテルに入った。そしていきなり胸に飛び込んできて、巧みに彼を誘った。Rが服を脱ぎかけていると、彼女は部屋中に服を脱ぎ散らかしてベッドに横たわり、股を大きく開いて高飛車に命令した。

「口でしてちょうだい！」

言う通りに甘美な深部に入っていこうとすると、彼女は決然と言い放った。

「ここだけにして！」

指差した先は、陰毛の茂みのはずれにある金のボタンだった。

彼女がオーガズムに達したので、今度は彼の欲望を女の下腹部へ這い上がらせようとしていると、彼女はそれをきっぱり止めた。彼女はうつぶせになり、身をかがめ、四つん這いになった。

「ここにして！」

肛門を指差しながら、言った。

この経験はRにはなかった。ためらっていると、彼女は付け加えた。

「お願い、協力して！」

執拗に頼まれ、彼は求めに応じた。それは想像していたほど不快ではなかった。ことが終わったとき、なぜこの独創的な姿勢が好きなのか尋ねた。

彼女は当然のことのように、無邪気に微笑んで答えた。

「だって、結婚まで処女でいたいもの！」

現実はさほど魅力的ではない、とRは知るに至った。

引退間近のフランス人ジャーナリストと話したときのことだ。煙草と酒に浸ったこの男は日本人女性と四回結婚していた。フランスから来た代議士を囲む公式の夕食会のあと、ふたりは新宿にある薄暗いバーにたどり着いた。このバーは、アイルランド人の神父が経営していて、飲み過ぎて何が起きているのかわからなくなっている客たちに洗礼を施しているらしい。心ならずも信者となった者たちは、毎週日曜、練馬にある神父の教会に集まることもある。

お気に入りのバーのママに愚痴りに行くように、仕事の悩みを打ち明けにくるのだ。味のしない薄いウィスキーの代わりに、聖体パンを受け取るのだという。

そのジャーナリストは、四度目の妻と別れ話が進んでいるところで、塞《ふさ》ぎ込んでバーボンを飲んでいた。

男の気をまぎらわせるために、Rはここ最近の不運な恋愛の顛末を語った。

「結婚はね、日本では恋愛とはまったく何の関係もないんだよ。ロマンチシズムとは、もっと関係ない」

ジャーナリストは答えた。

店内のサラリーマンを指しながら、

「ここにいるやつらは少しもロマンチックじゃない、ということだ。何もわかってない」

「男はそうかもしれないけれど、女の子たちは？」

男はぷっと吹き出した。

「あのな、日本女性というのは、あきれるほどの現実主義者《リアリスト》なんだ。夫を見つけるためには、ハイヒールもミニスカートもはく。それは家族と呼べる人を見つけだすためだ。彼女たちにとっての旦那――夫は、必ずしも愛と両立するものではないんだよ」

「ことを単純にしすぎでは？」

「いや、まったく！　僕がセンチメンタリズムの迸《ほとばし》りに身を任せたとき、三番目の妻には言われたよ。家庭にロマンチシズムを持ち込んじゃだめ、だとさ。家庭とは、あくまで真面目なものだから、感情の表出なぞは認められないんだ。明らかに官能的だったり、情熱的だったり、感傷的だったりすると、結婚生活には居場所がない。だから夫が、妻ではなく他所《よそ》に肉体的な愛を求めるのは当然のことなんだよ。僕はこういう結論に至った……。日本では、夫は聖なる領域にいる。それは子どもたちの母親になった妻の領域と同じだ。日本人の夫婦同士が名前ではなく、ママ、パパと呼び合うのには理由がないわけじゃない」

「変わってますね」

「むしろ倒錯的というべきか。家庭内の愛は、恋愛感情とは何の関連もない」

「激しい恋、肉体的快楽、快楽主義、発情といったものに居場所がないとしたら、男女の関係の先に一体何が残るというのですか？」

「日々の生活だよ。名家では、恋愛結婚はうまくいかない、とよく言われている。孫娘にこう言い聞かせていた婆さんを知っている。五番目にいいと思った男がいい夫になる、とね」

「おそろしい！」

「いや、慎重なんだ」

「結婚を申し込むときは、どう言うのだろう……」

「どれも、あまりぱっとしないね。『僕のために、みそ汁を作ってもらえませんか？』とか、もっと先を見据えて、『一緒に年を取りましょう！』とか」

「もっと燃えるような、愛の告白はないのですか？」

「もっといいのは、『僕と一緒のお墓に入りませんか？』。こう言われると、たいていの女性は、『一緒のお墓には入りたいけれど、一緒の布団はなるべく短い期間でお願い』と考える。一般的に言って、子どもができたらもう終わり！　幸いなことに、他人の夫の面倒を見るのが好きな女の子たちもいる！　ご存じのとおり、日本社会では、外面さえ保たれていればバランスはとれる。家庭では建前が大事なんだ。本音が出てきたら、それを潰そうと躍起になる」

疑いの目を向けるRを見て、その年配のジャーナリストは、笑いで息が詰まりそうになる。バーのカウンターにいる神父に、ウィスキー・ダブルをもう一杯と注文した。

「僕には洗礼は必要ありませんよ。もう墓に入っているから」

グラスを差し出す神父に対し、ジャーナリストは笑いながら言った。

Rは、日本人の夫婦の肉体を離れた関係について思いを巡らせながら家に帰った。それは近親相姦的ともいえる関係だ。結婚した男性が兄のような存在となり、それをパパと呼ぶのだから。

4 一九六六年

Rは大使館を辞めた。この三年というもの、彼は野心を満たそうとするでもなく過ごしてきた。麻のスーツにパナマ帽をかぶり、自らの役割も存在理由も深く考えずに生きているあの優雅《エレガント》な同僚たちと一緒に。

外交官という職の虚しさを知るにつれ、ミスを犯さず暗礁を進んでゆくことのみを考えるようになった。それは彼を、自らの人生に冷めた視線を注ぐ、シニカルな観察者にさせた。自分を偽り、外交官らしく振る舞うだけの存在。

すでに、絶対的なものへの探求は芽生えつつあった……。

彼は倦怠感に襲われ、自らを包む憂鬱《メランコリー》の幕《ヴェール》を引き裂こうともがくことさえしなくなった。

恋愛生活は滞っていた。連れ込んだ日本女性たちは彼の気分を引き上げてはくれず、彼女たちもやがて退屈して彼のもとを去っていった。日本式に、溜息も涙もなく、微笑みを浮かべ、可愛らしく手を振って。彼はただ、そのシルエットが小さくなり、やがて消えていくのを眺めていた。しまいには、どうでもよくなっていた。

射程に入る女たちを次々と乗り換えた。猟師というよりも花摘み人というべきか。時折、胸が締めつけられるような感情に新たな煌《きら》めきを期待することもあったが、情熱が燃え盛ることはなかった。

つまらぬ仕事への嫌悪と同様に、虚無的な恋愛への嫌悪が、徐々に彼を蝕《むしば》むようになっていた。

茶の湯とその祖、利休の教えが、彼にとりあえずの平穏を取り戻させた。茶道のシンプルで流れるような所作は、苦しみに思いがけぬ癒やしをもたらしたのだ。

彼は、みずからの最も深いところに、利休の教えの谺《こだま》を感じていた。歌人の烏丸光広の書で学んだ言葉だ。「もしあなたが心穏やかで、何事もあなたの心を乱さず、春の花や秋の紅葉に友情をもって接するなら、飲みたい時にお茶を一口のむとき、この世はあなたにとってそれほどひどいものではないと思えるだろう……」

茶の稽古をしていると、心に宿った暗い影が和らぐのを感じた。利休の四規「和敬清寂《わけいせいじゃく》」すなわち調和、敬意、清廉、静寂が、彼のなかを水の如く流れ、心が落ち着いた。斎藤先生の優しい眼差しのもと、ほかの生徒たちが稽古をするのを見ているだけで、人生の意味を見いだせるのだった。

救いの手を差しのべてくれたのは年上の友人、ロビーだった。配置換えという非情な怪物が、ちょうどRの運命に関心を示し始めた時期だった。

Rがロビーと出会ったのは、秋の終わり、六本木の裏手にあるバーだった。東京に最初にできたフレンチレストランのひとつ、イル・ド・フランスでの夕食のあと、トロアデックがいつも通りのお膳立てで、Rをそこに案内した。

「このバーは変わってるんだ。ホステスがフランス語を話すんだよ」。その店が入居している細長いビルの前で、トロアデックは言った。「フランスに滞在経験のある日本人が集まってフランス語を話すんだ。ピアフやブレルを歌い、ミュッセを朗読する。きっと君も気に入るさ!」

Rの好奇心は刺激された。ネオン輝く歓楽街のただなかに、フランス文化の飛び地があったとは。

「ようこそ、クー・ド・フードル（フランス語で「落雷、一目惚れ」の意味）へ!」

バーのドアを押すと、ホステス、バーテンダー、ウェイターが声を揃えて言った。

風変わりな店名だとRは思った。

店は混み合っていた。煙草の青い煙が霧のように店の天井を覆っていた。《煙草禁止！ただしゴロワーズとジタンは除く》という貼り紙があった。壁にはヌーヴェル・ヴァーグの映画のポスター。ベルモンドは『勝手にしやがれ』と客を迎え、ジャンヌ・モローは、マイルス・デイヴィスのトランペットが響くなか『死刑台のエレベーター』で浮かぬ顔。

形のくずれたソファに案内されると、そこには西洋人の男性客がひとり、ずっしりした金の紋章つきの指輪を嵌《は》めた手で、深紅のクッションを軽く叩きながら、傍らに座るよう促した。豊かな白髪をオールバックにし、毛先は首筋でカールさせていた。眼窩《がんか》の奥には小さな目、顔色は浅黒く、口は大きい。古めかしい濃紺の三つ揃いのスーツは、淡い照明に当たって玉虫色に光り、鮮やかな赤のネクタイにツートーンの靴。年齢は五十、六十代だろう。

トロアデックが紹介した。

「やあ、ロビー。こちらが前に話した僕の同僚」

それからRのほうを向いて、

「謀《はか》ったのさ。偶然ここに来たわけではないんだ」

ロビーは、指が短くがっしりした手を差し出した。

「トロアデックによれば、ティー・セレモニーの愛好家だとか。ここでわれわれがやっているのはウィスキー・セレモニーだがね」

彼が手を叩くと、着物姿の美しい女性が近づいてきた。

「私がぞっこんの女性を紹介するよ。妻の加奈子だ」

ロビーは言った。「銀座の有名なバー、クラブ・グレで彼女に出会ってね、ひと目惚れしたんだ。彼女のほうもありがたいことにひと目惚れしてくれた」

「ここの名前とそのお話は、何か関係があるのでしょうね?」

加奈子が差し出すおしぼりを受けとりながらRは尋ねた。

「結婚するときに彼女にこの店をプレゼントしたのだよ。十五年前になる。クラブ・グレでの支払いが嵩《かさ》んでね。ところで、君はひと目惚れってあると思うかね?」

Rは首を振った。

「僕にはミーハーな娘の馬鹿げた話のように思えますが」

ロビーは大笑いした。

「私が若い女の子のようだと言うのか! おわかりか? 私はレヴァント地方(地中海東部沿岸)の出身だ。レヴァント人が皆そうであるように、私は心底、実用主義者《プラグマティスト》なのだよ。すべては計算に基づいて計画的に組織されなければならない。これには家族の問題ももちろん含まれている。心情の入る隙はない、そう考えている。この点ではわれわれは日本人に近いのだ。それなのに、ご覧のとおり、加奈子と出会ったとき、私は最も不条理な、非合理的なものに屈してしまった。出会いから一カ月後には結婚したよ。彼女を落とすまで毎晩クラブ・グレに通いつめた。ダイヤの婚約指輪よりも高くついたものだ」

加奈子が戻って来た。Rは彼女をあらためて見た。これほど美しければ瞬時に魅惑されてしまうことも充分ありうるだろう。しかし、それは継続するものなのだろうか？　ひと目惚れは愛に変わっていくのか？　Rには、ありえないことに思えた、鉛が金に変わるようなものだ。

加奈子は琥珀色のウィスキーの入ったバカラのグラスを三つ、テーブルに置いた。バーテンが熟練の技でピックで割った氷がグラスのなかで漂っている。

ロビーがふたりにグラスを手にとるよう促した。

「健康に乾杯！」

彼が言った。「そして予期せぬことに乾杯！」

ひとりの日本人男性がスポットライトのあたる小さなステージに上がり、『サン・トワ・マミー』を歌いはじめた。Rはウィスキーを一口飲んだ。ウィスキーは香り高く、口当たりもよく、クローブと青リンゴの味がした。

「これが私のお気に入りだ。アイリッシュウィスキーのグリーンスポット。あのずんぐりした粗野なアイルランド人が、これほど繊細な神酒《ネクタル》を造るとは、信じられるかい？　人類とは驚くべきものだね」

トロアデックがポケットからピースの箱をとりだした。

「その煙草はだめだ！」

ロビーは声をあげ、指をパチンと鳴らした。

ボーイが駆けつけ、フランス煙草の束が入った錫製のゴブレットをテーブルに置いた。

トロアデックはゴロワーズを一本とり、差し出されたライターで火をつけた。

「なあ、R。おれはこの国を出て行くよ」

ひと口目の煙を吐きながら、唐突に彼は言った。

Rは漠たる悲しさを感じた。Rのただひとりの味方であるトロアデックは、Rが外交官として一歩を踏み出し、地雷が仕掛けられた野原を渡るのを、目立たぬようにそっと助けてきた。この男が去っていくのだ。

「まだ公にはできないんだ」

トロアデックは言った。「外務省に忘れられたかと心配していたが、そんなことはなかった。マダガスカルに赴任することになった。文化顧問としてね」

ロビーは大笑いした。

「適材適所だね！　マダガスカルも島国だ！」

「僕が発つ前に、ふたりを引き合わせておきたかったんだ」

「あとはふたりのいいようにしてくれ」

「私が何の仕事をしているかは、トロアデックからお聞きおよびかと思うがね、このバーの経営がメインというわけではないのだよ。とはいえ夜の大半はここで過ごしているけれど、実は食品原料の取り引きが本業でね。詳しく言うと、砂糖とその二次製品。会社を作り、以来二十年糖蜜のなかを泳いできたというわけだ」

「僕とどういう関係が？」

用心深くRは訊いた。

「最近、軽い心臓発作を起こしてね、仕事のペースを落とさなければならない。それで協力者を探しているのだよ。ゆくゆくは共同経営者、さらには後継者になってくれるような人物をね」

「砂糖のことなんて何も知りませんよ！」

「電話は使えるだろう？　簡単な仕事だよ。仕事机の上に電話が二台。ひとつは作り手と繋がっていて、もう一台は買い手に繋がっている。一方に『いくら？』と訊いて、もう一方に、『いくらだって！』と言う。『いくらだって』が『いくら』よりも高くなるようにするだけのこと。高ければ高いほどいい。ちょっと図式化しすぎたが、まあ、こういうことだ」

「どうして僕なんです？」

「君の話はトロアデックからよく聞いている。君は若く、日本語も堪能で、日本を離れたくない。それに、君の趣味は破産しそうなほど金がかかる。君はひと目惚れを信じていないけれど、それだって変わるかもしれない……」

Rの頭の中は煙草の煙とシャンソンの低音でいっぱいだった。柔らかすぎるソファに身を沈め、無意識に二杯目のウィスキーを口にした。

「あなたが気まぐれに、三十分前に知り合ったばかりの未経験の青二才を雇おうというのであれば、僕も気まぐれに、あなたの元で働くことにしましょう！」

こう言いながら、ロビーに手を差し出し握手をした。人生の流れを変える瞬間にしては、実に凡庸な仕草だと思いながら。

5 一九六八年

ロビーと仕事をするようになってほどなく、彼は東京の下町、駒込に居を構えた。

それは、大使館での数年と訣別するため。

また、Rがこれ以上先に進もうとは思えない、あまりにも積極的すぎる、ある日本女性から逃れるためでもあった。

迷路のような路地にある魅力的な木造の一軒家を借りた。見事な庭に囲まれ、砂利と埃の袋小路の先にあった。

彼はすぐにこの家に愛着をおぼえた。

おそらくこれが、ロビーの言うひと目惚れなのだろう。

職人たちを中心に、庶民が生き生きと暮らしていた、半纏《はんてん》、額にはねじり鉢巻き、地下足袋。

住居は重なり合うように建っていた。Rの家の台所は隣家と面していたし、二階の寝室からは三世代が住む一家の茶の間が見下ろせた。その家の男たちは大型トラックの運転手で、トラックには陽気に腹を出した布袋様や荒ぶる竜が描かれていた。

外出するときも鍵をかけずに引き戸を閉めるだけで、暑い時期には廊下の窓や障子を風通しのため開けたままにすることもあった。

皆、隣の家で何が起きているか知っていた。風呂の時間や夕食のおかずまで……。

とはいえ多くの場合、こうした近しさは、Rにとって迷惑どころか魅力的だった。仕事から帰ると、玄関に新聞紙で丁寧に包まれた柿や大根、漬け物が置かれていた。雨の日には、庭の物干しに不用意に干してきた洗濯物が、アイロンをかけてきちんと畳んで、炬燵の上に積みあげられていた。


沈丁花の生け垣が通りと家屋を隔てていた。春のはじめに花が咲くと、麝香《じゃこう》のように官能的で強い匂いがした。愛を交わした後の女性の腹のような匂いだった。花が咲くとRは、あらゆる仕事を先に延ばし、外出をキャンセルし、家に籠もった。夕方の肌寒さにもかかわらず、浴衣を羽織って窓を開け、家の縁側に座った。酒の入った徳利とつまみを盆に載せて、何時間でも、酒と沈丁花の強い匂いに酔いながら過ごした。夜の寒さが彼の肩に降りてきて、暖かな部屋の中へ向かわせるときまで。

彼は町内会費も払った。冬には地域の消防団に参加し、夜、ひとりかふたりの仲間とともに、提灯を持ち、拍子木を打ちながら、「火の用心!」と大きな声を出して路地を歩いた。

夏の終わりには、下町の大きな祭りに参加した。ほかの担ぎ手と同じように、ふんどしにねじり鉢巻き、地下足袋で、町のならず者といった感じの男の刺青《いれずみ》をした肩甲骨に鼻をつっこみ、神輿《みこし》の担ぎ棒で肩を痛めながら、かけ声を上げ、跳びはねるようなリズムで通りを練り歩いた。もちろん、こうしたことはすべて、町を一巡した後、延々と続く宴の口実だった。飲みっぷりがよく、怪しげな冗談や気の利いた洒落《しゃれ》を日本語で連発し、はやりの演歌を大声で歌うRは、職人や商人らの陽気な集団に親しまれ、彼らの輪の中に入った。

自らの外向性に驚くこともあった。実際、彼のなかには二つの人格が共存していた。時折、自分はもう外国人ではないと幻想を抱くこともあれば、日本の習慣に馴染み、気の利いた言い回しを日本語で喋れば喋るほど、地元の老人や子どもたち、店の売り子から、無邪気な残酷さでへんなガイジンと呼ばれ、自分が外国人であることを思い知るのだった。

しかしながら、このような近所付き合いのおかげで、新聞の三面記事に出てくるような恐ろしい出来事を知らずに済んだ。陰謀というものは、外面を保つための工夫からなると彼はかつて思っていたが、日本での経験から学んだのは、外面が目くらましとなり、最終的には外面そのものが現実を消しさってしまうということだった。日本人ひとりひとりのなかに、目を覆い耳を塞ぎ口を閉ざす猿——見ざる言わざる聞かざる——が生きているのだ。

かつて文人たちがこの界隈で暮らした。六〇年代はじめにはまだ、彼らの霊魂があたりに漂っていた。永井荷風が吸ったのと同じ空気を吸い、銭湯の帰りには夏目漱石とすれ違うような気がした。炬燵に座って、二十世紀初頭の大作家たちのささやきから着想を得た小説を書きはじめていたが、それは遅々として進まなかった。

一九六八年六月、Rはこの家を買い取った。

家の購入が何故とんとん拍子に進んだのか、理由がわかったのはずっと後のことだった。家の価格は二束三文だったが、それでも高く払いすぎた。この家が建っている土地には別の所有者がいて、その目に見えぬ地主にわずかな額の地代を払っていたのだ。こうした状況は通常ありえないのだから。もっと慎重になるべきだった。書類はきちんとしていた。Rが知らなかったのは、書類は日本ではたいした意味を持たないということだった。

家の購入はRにとって象徴的な意味があった。

この行為は、日本に深く根をおろすことでもあった。近いうち、裏庭の一角に茶室を建てようと心に決めた。

＊＊＊

一九六八年十二月二日月曜の午前中、大工の棟梁が彼の家を訪れた。知り合いの建築家に紹介してもらったのだった。宮野——というのがこの宮大工の名前だ——は普段、神社を建てている。宮野の評判は、関東を超えて京都や奈良にまで広まっており、先輩の宮大工に呼ばれ難しい修復に加わることもあった。

Rは説明した。あまり大きくない茶室を建てたい。四畳半の、伝統的な茶室建築のもっとも厳格な基準を満たす、簡素な、例えば草庵風の茶室。

「ひなびていて、質素だけれど完璧なものが希望です」

正面にいる、ねじり鉢巻きの体格のいい男に語った。

腕が立ち、経験を積んだ職人にしては彼はまだ若く、四十代だった。

「不遜であることはわかっていますが、小さな茶室、京都の常照寺の遺芳庵《いほうあん》のような建物が夢です」

遺芳庵とは、富商の灰屋紹益《はいやじょうえき》に身受けされた遊女、吉野太夫のお気に入りの茶室で、吉野はのちに紹益の妻となった。

「このあいだ、根津美術館の庭園にある茶室の修復に加わりましてね」

宮野は玄関に腰掛けて言った。詳しくは語らなかった。「その茶室も茅葺き屋根でした。だからきっと、お望みどおりの茶室が造れると思いますよ」

「どれくらいの期間でできますか?」

「半年はかからないかな、気候がよければ。厚かましいのですが、お願いがありまして」

「どうぞどうぞ」

Rは答えた。

「実は、ふたつありまして……」

宮野は頭を掻いた。日本人が困ったときにする仕草である。

「いい仕事をするには、現場で寝泊まりできないといけません」

「使っていない部屋があります。荷物が置いてありますが、快適です。ご覧になられますか？」

宮野は頭を激しく横に振った。

「滅相もない。お部屋なんて。縁側の片隅に布団が敷ければ充分！」

「でも寒いでしょう。ほんとに使っていない部屋なんです。片づけて使いやすいようにします」

しかし宮野はきっぱりと断った。

「わかりました。縁側をお使いください」

Rは折れた。

「それで、ふたつ目のご希望は？」

宮野はふたたび頭を掻いた。

「建物が完成したら、できれば一年に一度、自分の造ったものを見にここに来たいのです。大工にとって、家は自分の子どものようなものです。父親なら息子たちの成長を見届けたいと思いますよね。茶室がどんなふうに緑青をふいて、古びていくのかを見たいのです。古びていくことは大事です。侘び寂びの精神の本質でもあります」

Rは熱心に建築現場に顔を出した。何度かは、宮野に同行して材木商の集まる木場へも行った。天井の梁には鱗状の樹皮をもつ赤松の幹、床の間の柱には杉、水屋の柱には、湖の水面を思わせる波状の木目、廊下、糸杉の床——手のひらの下の女性の胸のように柔らかくすべすべの——これらを一緒に選んだ。宮野は時間をかけて交渉した。というのもRは希少な木材を選ぶので、その価格は預けられた封筒にある金額をはるかに上回っていたからだ。しまいには、材木商たちから目が高いと尊敬され、彼らのほうから予算に合わせて値段を負けてくれるのだった。

毎朝、宮野は縁側の隅に布団を片付け、庭の井戸で髭を剃り、顔を洗う——決して家の洗面所は使わなかった——毛氈《もうせん》の上に、その日に使う道具を並べる。ひとつも多すぎず、ひとつも少なすぎず。そして、道具の前で深く頭を下げる。このしきたりが終わると、ねじり鉢巻きをして、仕事に取りかかる。

Rは、宮野が素早く正確に木材を削ってゆくのを見ていた。丸鑿《まるのみ》のひと打が遠かったり、強かったり、角度が悪ければすべてが台なしになってしまう。しかし決して失敗することはなく、接合は完璧で、諸要素が魔法のようにぴったり嵌まり、やり直しはなかった。天井の板を何時間も並べ替えていることもあった。彼のみが知る、望みどおりの木目模様になっていないようだった。宮野が釘やねじを使うところを、Rは一度たりとも目にしなかった。

日が暮れ、一日の終わりには、道具をひとつひとつ丁寧に拭いてから片付け、ほうきではいた木屑を麻袋に集める。それから建物の前に正座し、手で木に触れながらじっくり眺めた。それから、界隈の銭湯へ出かけた。手にした銅の桶には、石けんと手ぬぐいが入っていた。

砂利にあたる下駄の音が、宮野の帰宅を告げるのだった。

6

一九七七年十月

十年近くのあいだ、大工の宮野は毎年欠かさずRの家を訪れた。茶室が完成した日からきっかり四カ月目にあたる初秋の季節。それはいつも午後で、平日のことも、休日のこともあった。

はじめの三年は訪問の前日に電話があったが、その後はそれも不要になった。恒例の儀式となったからだ。日を違えず、三時三十分きっかりに、宮野は玄関の戸口で挨拶をすると、道具箱を手に茶室の様子を見にゆく。時間をかけ、彼だけが感じとる不具合をあちこち手直しする。

それから庭に出て、夕日の赤光の筋に照らされた茅葺き屋根の、燃え立つような様子を眺めたり、鎖樋《くさりとい》を伝い落ちる雨の雫が奏でる音に耳を傾ける。

Rは、酒を勧める。柿の種やさきいかをつまみに、茶室の廊下に置いた座布団に座り、秋の蛍が背の高い草のあいだを飛び交うのを見ながら、時の流れについて凡庸なやりとりをする。宮野は修復に関わった神社仏閣の話をすることもあった。彼の言葉は短く、沈黙のほうが長かった。

＊＊＊

宮野は一九七七年十月十六日日曜日、午後三時三十分ぴったりにやって来た。

茶室には二時間ほど留《とど》まり、必要と思われる修復をいくつか施した。仕事を終えたようで、あられこぼし（ランダムに並べられた石の道）を通る音が聞こえた。Rは縁側のガラス戸を開け、座布団を差し出した。宮野は誘いに気づかぬそぶりで、道具類を黒い砂利の上に並べた。瓦土塀が家を取り囲んでいた。宮野は手の甲で額の玉のような汗をぬぐった。インディアンサマーのような暑い日で、明るいオレンジ色の光が夕暮れを照らしていた。

「必要な手直しをしておきました」

「ありがとうございます。おいくらになるかおっしゃってくださいね」

儀礼的にこの質問をしたが、毎回、宮野は身振りで否定した。細かな仕事で代を請求することは一度もなかった。

「ところで、中柱（点前座と客座のあいだにある柱）に黴《かび》のしみがありました。ときどき湿らせた柔らかい布で拭いてください。辛夷《こぶし》は弱い木ですから」

咎《とが》められたように感じた。昨年、茶室に使われた貴重な木はよく手入れするようにと宮野から言われていたのだ。さまざまな木材のリストを渡され——設計図の青焼きにその場所が示されていた——それぞれ異なる手入れ方法が記されていた。

「すみません」

落ち度を自覚していたので、先生に叱られた生徒のように答えた。「年末の大掃除のとき時間がなくて、たしかに中柱の手入れは怠ってしまいました」

宮野はうなずいた。

「もう済ませておきましたから心配はございません。ところで、廂《ひさし》の梁に一カ所、傷がありました。前回は気づきませんでしたが、古い傷のようだ。物置にある脚立を取りにいって近くで見たところ、梁の上の角がへこんでいて、両側に傷がありました。紐をかけて、何か重いものでも吊るしたみたいな」

「どのことかよくわかりませんが」

Rは答えた。

「まあ、たいしたことじゃありませんし、もう目立たなくなっています。でも、不届き者がやってきて、こちらの茶室を傷つけたら困りますから」

「この界隈じゃ、悪意のある人なんていないことはご存じでしょう?」

「とはいえ不思議なことだ。気をつけてくださいよ」

「ありがとうございます。宮野さんはなんでもお気づきになる」

宮野は喉を鳴らして少し笑った。それは自惚《うぬぼ》れではない、彼は細かなことに気づく人物なのだった。

「ところで」宮野は続けた。「申し訳ないのですが、地下室の様子は見ていないんです。お望みなら、ちょっと見てきましょうか？　完成してからは一度も行っていませんし」

「その必要はありません。畳を上げて、降下口を開けなければなりませんから。面倒だし、もう日も暮れています」

「はしごは傷んでいませんか？」

「ええ、まったく。先月も、夏の道具を片付けて、冬の道具を出すために下りましたが、少しも湿気はなかったです」

宮野は満足そうにうなずいた。

「ノロを塗った壁と厚い敷石で、しっかり地面から離していますからね。あの小部屋が完璧なのは当然だ。あそこを活かしたのは名案でしたね」

前の持ち主が戦時中に造った防空壕だが、茶室の基礎を造っていたときに職人がたまたまそこに落ちてしまったことで存在が知れた、それを活かすことにしたのだった。

宮野は視線を屋根に移し、縁側の庇のほうに手を伸ばした。

「トタン葺きだったのを銅葺きに替えられたんですね。最初からこうしたほうがよかった」

「確かに、話には出ていました。でも当時は、茶室にお金をかけすぎて、文無しだったんです」

「わかってます。でも、私ももっと強く勧めればよかった。銅は錆びていきます。出費を後悔することはありませんよ。緑青は松の木の色と合います。調和がもっとよくなる」

「費用はかなりかかりましたが、紹介していただいた屋根葺き職人はいい仕事をしてくれました」

宮野は建物を玄人らしい目で見回した。

「この家を最初に建てた棟梁はいい仕事をした。お求めになってよかったですね」

「書類によれば、この家は大正時代のはじめに建てられたようです」

「当時はまだ頑丈な骨組みを建てる技術があったんですね」

「素晴らしいですね。屋根の重みにもかかわらず、一九二三年の関東大震災でもびくともしなかったのですから」

「空襲で焼けなかったのも幸運でしたね。Rさん、本当にいい買い物でしたよ。地主は相変わらず土地を売ってくれないのですか?」

「ええ、残念ながら。不動産屋によれば、先祖代々の土地を手放すことに、お子さんたちが反対しているそうです」

宮野は肩をすくめた。

「ただ単に値上がりするのを待っているのでしょう。欲の深い日本人もいますから。そういう輩にあたってしまったのではと心配だ」

「でも、ともかく、茶室を建てさせてくれたのは何よりでした。毎日お茶を点てているのですよ」

「さぞや上達なすったでしょうね」

Rは口をとがらせた。

「遅々として進まないんです。何年もやっていて、自分がいまだに初心者だと気づいてがっかりしています」

「それでも、お名前は取られたのでしょう」

「ええ、昨年。汎叟《はんそう》宗室先生からいただきました。先生が東京にいらしたときに、こちらに寄られたことはお話ししましたっけ。ガイジンが、どんな変な茶室を建てたか見たかったのだと思いますよ」

「がっかりなさったでしょうな！」

宮野は笑った。

「ええ、ある意味では。でも私の先生には、この茶室が茶名をいただく決め手になったと話したそうですよ。お情けでくださったのでしょう。私には実力もありませんから」

「そんなことありませんよ、お家元が情けをかけることはありません。評判に傷がつきますからね。大先生はRさんが亭主をつとめたお点前をご覧になったのですか」

「私の先生のお宅で何度か。意外とうまくできました。京都にも呼ばれて、家元のお弟子さんの前でお茶を点てました」

「それはたいそうな名誉で」

「いや、むしろ、お弟子さんに利口な猿を見せたかったのでしょう。彼女たちは私の点前より金髪ばかり見ていましたが……」

「そんなはずはない。Rさん、私たち日本人は、あなたみたいに、われわれよりずっと深く日本文化を理解されている外国人を称賛していますよ」

「われわれ外国人に、日本文化の本質が掴めると思いますか？　私はいま『茶の道』の玄関に立ったばかりという気がしています。その屋敷は奥が深くて、生きている間にすべてを知ることができるかどうか……」

「まあまあ。大事なのは今この瞬間を謙虚に受け入れることです。一期一会、完璧なことはこの世には存在しない。われわれは皆、わかっているでしょう」

Rは驚いて宮野を見た。

「でもあなたは、この仕事で、ある種の完璧さに達したことはないのですか？」

宮野は肩をすくめた。

「もちろん、ありませんよ。いつも手探りです。この道で三十年やってきました。しかも幸運なことに、日光東照宮の修復を任せられるような親方のもとで仕事ができた。あらゆる努力はしましたが、親方の足下にも及ばない。だが学んだのです。自分の手でできることに満足し、この先進歩できるということに感謝することを。完璧に達してしまったとしたら、生きていて何になりましょう」

Rは口を閉ざした。宮野の最後のフレーズを反芻《はんすう》していた。自分の人生は、生きるに値しなくなってから長い時が流れ、なぜそれにしがみついているのかと自問することもある。「茶道」のためなのだろうか？

「遅くなりました」

宮野は道具箱を手に言った。「おいとまします」

Rは宮野を庭の戸口まで送っていった。宮野は挨拶した。

「お邪魔させていただき、ありがとうございました。あなたにお目にかかるのは光栄なことですし、あなたの茶室に流れている時間に身をまかせていると、自分の修業時代を思い出します。ここであなたが穏やかに過ごされることを願っています」

Rは、駅に向かう宮野が遠ざかっていくのを見ていた。カランコロンという下駄の音は夜の闇でおぼろげになり、小道を曲がったときには、下駄の音は消え、残ったのはくたびれたコオロギの声だけだった。Rの頭に残ったイメージは街灯の円錐形の黄色い光の下を猫背で歩く、ゆっくりとした足取りの宮野だった。

この男はRのたったひとりの、最後の友となった。ふたりのあいだには目に見えない糸が紡がれていて、職人と雇い主という関係を超えていた。あのとき、なぜかRの胸には、悲しみの幕《ヴェール》がかかり、もう二度と会うことはないだろうと感じた。

翌年の秋も、宮野は来なかった。その後も。

Rとの宮野のあいだに生まれた物悲しさは、ほかの哀惜の念とともに、徐々に薄れていった。カランコロンという、宮野のすり減った下駄の音のように――。

この音が近くの通りで聞こえると、Rは宮野が自分の建てた茶室を見に戻ってきたと思うのだった。

7

一九八五年十二月二十八日

駒込を離れなければならない。

そう仕向けられている。地上げ屋に追い出されそうなのだ。

今やもうRの家の周囲には何もない。

地上げ屋は、隣の佐藤家をはじめとする住民たちを恐喝したり、小さな秘密を暴露すると脅したりして、二束三文で追い出した。一軒また一軒と、ブルドーザーに壊されていった。次は彼の家の番だ。まるで空地の大海のただなかで波打つ、トタン板に囲まれた寂しい筏《いかだ》のようだ。解体作業のパワーショベルが待ち構えている。瀕死の羚羊《かもしか》を取り囲む禿鷲《はげわし》のように。

結局のところは、これでよかったのだろう、Rは思った。ここは呪われた場所で、人々の眼差しから消さなければならない。この場所が彼らの記憶から消え去るように。

地上げ屋の手下どもは大晦日にやってきた。

出かけようとしていたときだった。外は寒く、着物の上に外套《マント》を羽織り雪駄を履いたとき、ガラスの引き戸を、やや無礼な仕草で強く叩く音がした。Rは、四角い磨《す》りガラスを通して彼らの影《シルエット》を見た。三人だった。デブとやせっぽっち、いつものふたりとその仲間だった。

ふたりは二十代の若者で、頭は坊主刈り、視線はレイバンの奥に隠れ、半袖のカッターシャツから刺青が見え隠れしている。裸足に雪駄を履き、Rの家の前の砂利道で思い切り音を立てながらやってきて、だみ声で吐き捨てるように話した。

こうした脅しも、Rをさほど怯えさせはしなかった。外国人ということで守られていると思い込んでいたふしもある。

Rのもとに来るまで、男たちは一年かけて周囲の家を空けていった。可哀想な一家の縁側の前に陣取り、メガホンを使って何時間も金切り声で罵ったこともあった。家の男たちが仕事に出かけている時間帯を選び、その妻や母親を相手に熱弁を振るい、下校時の子どもたちを脅した。

はじめのうち、Rは仲裁しようとしたが、被害者のほうから、嫌がらせが一層ひどくなるから口を出さないでほしいと頼みにきた。近くの交番へ、Rが騒音の被害を訴えに行ったときも、合法的な時間に行われているかぎり、警察は何もできないのだとじっくり説明された。顔見知りである警官からは、他人事に口を出さないほうがいいと丁寧に言われ、外国からいらした方を巻き込んでしまって申し訳ないと詫びられた。ここのような庶民的な界隈に住むという突飛な思いつきは、広尾に住んでいるよりも厄介を生んだ。

隣人たちは、ひと家族、またひと家族と出ていき、そうして彼の番になった。やつらはRを主菜《メインディッシュ》として大事にとっておいたのだ。

Rが玄関を開けると、六十代とおぼしき男が、脇にふたりの若者を従えてそこにいた。話し方から、彼がボスであることはすぐにわかった。傲慢さは抑えられ顎をしゃくることも、鼻先数センチに人差し指を突きつけることも、睨みつけるようなふりもしなかった。

年配の男だけが話した。はじめに両脚を開いて身をかがめた。大きな花崗岩のようだった。派手な柄の、見事な光沢の重そうな正絹の着物に、毛皮の、おそらくキツネの襟のついたローデンコート。首が短く、甲羅から首を出した亀に似ていた。吸い殻がついたままのシガレットホルダーを咥《くわ》え、それを、なめくじのような紫色の肉厚の唇の端から端へ滑らかに移動させていた。

顔はすべてが丸く、剃りたての頭が丸さを強調していた。金のフレームの眼鏡の奥の、小説家のような印象を与える目、鼻腔の大きな鼻、顎、あばたのある頬。

謎めいた紋章がついた大きな金の指輪が薬指にはめられていた。右手の小指の先がなかった。

完全な風刺画《カリカチュア》だ。

ボスは一瞬、頭を下げてRの挨拶に応えた。はげ頭に細い傷痕が走っていた。男はシガレットホルダーを口からはずし、着物の帯に挟んだ。曲がった金歯が口を開けたときに光った。

「角村《かどむら》といいますがね、年末に邪魔して悪いが、今回の件にはっきり決着をつけなくちゃならない……」

ごつごつした耳ざわりな声。そのまま深作欣二の映画に出演できそうな男だった。

「心配でね。このふたりの馬鹿どもが説明したことを、おたくがちゃんと理解されたのか。こいつらに説得力があるとは思えんからね。不作法は謝るが」

下っ端風のふたりがRに険しい視線を向けた。Rの頑固さがふたりには高くついたのだろう。指を詰めたのはひとりか、それともふたりか。ふたりはRを説得するためにあらゆる手段を用いたのだった。暴力に訴えはしなかった。彼らの掟では、女性や子どものほか、外国人にも手は出さない。なぜなら外国人は、警察とのいざこざを起こすには値しないからだ。

Rは同情した。ふたりはこの二年というもの、ほぼ毎日家にやってきた。Rが家にいないときには、彼らなりの訪問のメッセージが残っていた。玄関の敷居に置かれた腹をえぐられた猫、ひっくり返されたごみ箱、脱糞や酒盛りの跡。

「どうぞご安心ください」

Rは頭を下げつつ、丁寧な日本語で言った。

「おふたりとも任務はきちんと果たしておられました。ただ私が外国人であるため、日本の習慣をよく理解しておりません。おふたりの失敗は私の無知のせいなのです」

ボスは大きな笑い声をあげた。

「日本の習慣はわからないと言うわりには、敬語は貴族のようにお上手だ。実に不思議だ。もうとぼけるのはやめましょうや。出て行かなければならないのはわかっているだろ」

「この家は私のものです」

「土地はちがう。そっちはただの借地人。土地の所有者は、この私だからね」

「ご足労をおかけしました。地代の値上げには応じます。でも交渉に入る前に、まずは名刺交換をしませんか？　そうするのが礼儀だと思いますが……」

ボスは、Rのへりくだった態度と丁寧な言葉を打ち消すような皮肉めいた調子に面食らったように見えた。


「われわれの稼業じゃ名刺は滅多に必要がないんだ。交渉相手はすぐに、誰を相手にしているかわかってくれるからね」

ふたりの若者はせせら笑った。

冷静さを失わず、Rは着物の袂から名刺を出し、ボスに渡した。

「私は『野蛮人』です。日本の国のこまやかさに慣れない未開人です」

ボスは名刺を両手で受け取った。そうすべきであるように文字をよく見る素振りをし、Rの目を見つめたまま、落ち着いて、名刺を紙吹雪のようにちぎると、戸口の石の上にはらはらと散らした。それから、両手の親指を帯にかけた。

「今なさったことは侮辱ですか……」

Rはつぶやいた。

「怖くないのか？」

男は少量の称賛を交えて答えた。これほどの平静さに唖然として。

Rは肩をすくめた。

「あなたがたが何者であるかを決めるのは、あなたがたが引き起こす恐怖によるわけで、事を面倒にしないように相手に恐怖心を抱かせるのですよね。恐怖心がないならヤクザも必要ない。ええ、おっしゃるとおり、あなたがたのことは怖くありません」

「失うものが何もないとき、怖いものはないというが。でもあんたは……」

ボスは優しげな口調と、大げさな仕草で後方の家を差し示しながら答え、ボスの人差し指は最後に自分の腹に戻った。

Rは答えた。

「人生とは、物質的財産の所有に要約されるとお考えなのですか？　目に見えるものだけに？　誰もが自分が所有しているものに、とりわけ自分の命に執着しているという原則から出発しておられるようですね……。でももしそうでないとしたら？」

ボスはRをじっと見つめた。

「おたくを説き伏せるものは何もないというわけだ」

Rはうなずいた。

「ええ。無意味な交渉になりますが」

「そういうことだな」

ボスは空き地に並んだ土木機械を顎で指した。

「今日は、このことを伝えに来たんだ。こっちは一月六日の朝、あそこのブルドーザーでこの家を取り壊す許可ももらっているんでね。あんたが中にいようがいまいが。これが最後通牒ってわけだ。引っ越すなら下の者が手伝うし、港の倉庫も貸そう。故郷《くに》に戻る日まであんたの荷物を置いておくために。こっちは野蛮人じゃないもんでね」

「ご配慮ありがとうございます。でもその必要はありません」

「まあよく考えるんだな。こっちの提案は一月六日零時までだ。承諾するのなら言いに来てくれ。こいつらのどっちかを待たせておくから」

「そんなことはなさらなくても」

Rは穏やかに言った。

「私の心は決まっています。私のせいでご面倒をおかけしたことをお詫びします」

ボスはRをじっくり見つめた。

「しかしあんたの悩みは解決できないのかね?」

「あなたがたのブルドーザーがそうしてくれることでしょう……」

そのときボスは、このような社会の、この地位の男にしては驚くべきことをした。Rの前でお辞儀をしたのだ。

「そうか、わかった。あんたの悩みが解消するといいね」

男は身を翻し、ふたりのボディガードを従えて大股で出て行った。三人が通りの先に姿を消すまで、Rは家の玄関に立ち尽くしていた。

8

一九六八年八月十二日

真理子に会ったのは一九六八年八月十二日、真夏の暑い盛り、夕立のあとだった。八月十二日。刑事である田中の記憶に、この日付は深く刻まれている。Rが、いつ、真理子と初めて会ったのか、それを知るのに数カ月の捜査を要したからだ。Rは刑事に協力的とは言えなかった。

斎藤先生の茶室は、清澄庭園のなか、三つの中の島を配した池のほとりにあった。外灯は暗く、日が暮れてからあたりを散歩する者はほとんどいない。

こうした場所は意外と日本中で見られるが、完全に時代と隔絶されていた。庭園に入るや、二十世紀から江戸時代へと時が戻る。ここに閉じ籠もり、享保年間の人物から明治時代の財閥の創業者一族まで、訪れる幽霊たちと会話しながら、一夜を過ごすことをRは夢見ていた。

無論、そんなことはしなかった。彼には分別があり、規則を破ったりできないのだった。玄関のコート掛けにレインコートを掛けたところで、扇風機が重い空気をかきまぜていた。湿った熱気が地面から立ち上っており、コートの裏地はびっしょりと濡れていた。汗っかきの体質は、身体的な不快以上に心理的な気まずさを感じる。夏のさなか、どれほど暑くともほんの少ししか汗をかかない日本人の中にいると、自分が完全に外国人に戻ってしまったように思えた。扇風機の羽根の前でしばらくじっとしてから、出迎えにきた助手の女性に挨拶した。それから上がり框《かまち》に腰掛け、真っ白な足袋をはく。ふたつめの鞐《こはぜ》を留めたとき、戸が開き「ごめんください」という爽やかな声が彼の耳に心地よく響いた。はじめに目にしたのは戸の隙間から覗く珍しいサーモンピンクの和傘。それから、着物の裾を翻し爪皮《つまかわ》に覆われた草履が現れ、若い女性が敷居を跨いだ。彼が頭を上げたちょうどそのとき、女性は引き戸を閉めた。

女性は、集まった者たちに会釈した。Rからは、鼈甲《べっこう》の簪で留めた黒髪のシニョンだけが見えた。そして彼の眼差しは、大きく開いた襟足の、彼女のうなじに注がれた。雫が一滴、真珠のような肌をゆっくり流れ落ちた。水滴は頸椎のかすかなふくらみの上をすべり、着物の襟元に消えた。

それまでも何度か、着物の襟ぐりから垣間見える美しいうなじにときめきを覚えることはあった。伝統的な着物姿の日本女性は、どんなときもひどく魅力的に感じられた。それらは一瞬のうちに、はかない存在、女性的——であると同時に中性的な——優美さをたたえた化身に姿を変えるのだった。トロアデックはあるとき、着物姿の女性が通り過ぎるのを見て、こう言ったことがあった。

「日本の女性との結婚は、フェリックス・ポタン（フランスにかつてあった食料品店）の宣伝文句みたいだ。すなわち〝ひとつ買ったらふたつもらえる！〟」

色っぽくて、生意気で、遊び好き、茶目っ気たっぷりの今どきの日本女性たち。それがひとたび和服を身に纏《まと》うと、イコンに変貌する。繊細で、洗練され、謎めいていて、さらには難解で、完全に時間を超越した存在へと。

しかしその日、斎藤先生の茶道教室の玄関に現れたこの女性に対して、Rが感じたのは、単なるひと目惚れとは異なるものだった。顔を目の当たりにしなくとも、心が平穏に包まれるのを感じた。この狭い玄関で。

彼女が顔を上げ、ふたりの眼差しが交わった。淡褐色の瞳の虹彩《こうさい》に金の靄《もや》がかかっていた。彼女は彼を見て驚いたようだった。外国人社会とはほど遠い、庭園の茶室の玄関で、西洋人に出会うとは——そんなふうに。そして彼女は、彼に向かって微笑んだ。束の間の微笑みには、唇よりもむしろ眼差しのほうに心の動きが現れていた。彼の勘違いかもしれないが、その一瞬のきらめきは、彼女が自らの動揺を認め、それを彼と分かち合っていることを意味しているように思えた。

雨用の草履を脱ぐため、彼女が振り返ったので、Rは帯に鼻をぶつけそうになった。彼女が玄関の段を容易に上れるよう、彼は畳の上で少しからだを動かした。和服の窮屈さに彼女はよろめいた。Rが手を差し出すと、困惑した笑みを浮かべながらその手につかまった。彼の手のなかで彼女の手はかすかに震えていた。指先は細く、マニキュアをしていない楕円の爪、官能的な手のひら、手首は細く、壊れそうだった。

彼女の手に触れ、彼はやけどをしたように感じた。

「すみません、よろけてしまって」

優雅に頭を下げ、まだ彼の手を握っていることに気づくと、その手を離しながら、つけ加えた。

「たいへん失礼いたしました」

彼女はその手をゆっくりと、指の間から砂が流れ落ちるように離した。ずっと離れないでいてほしかった。手のくぼみに、このぬくもりを長い間感じていたように思えたのは、単なる既視感《デジャヴュ》ではない。心臓の打つ音、呼吸の流れのように、もともと彼自身の一部だったからだ。そして突然、彼は自分がもう孤独ではない、ひとりぼっちではない、と感じた。ぼんやりした不条理な動揺に襲われ、彼は口ごもりながら応じた。何を答えたのかも覚えていない。

彼には、すぐにわかった。自分の指に重なった若い女性の指のかすかな震えを、決して忘れることはないだろう。

のちにふたりの仲が深まったとき、彼は説明した。最初の出会いで、それがふたりの運命を変えることになると感じた、と。彼女は俯《うつむ》き、唇に優しく控えめな笑みを浮かべつつ、何も答えなかった。長い時間を経て判明したことだが、由緒ある良家の子女は、いかなる状況でも感情を抑えるという先祖の行いに倣ったのだ。

堤防が決壊するまでは。

斎藤先生がこの新しい弟子を皆に紹介すると、部屋には緊張感が漂った。真理子がお辞儀をしているあいだに、ほかの弟子たちは身を起こし、こっそりとスカートを直したり、着物の裾を整えていた。真理子は三つ指をついて額を下げ、斎藤先生の歓迎の挨拶に答えた。

「幼い頃からお茶をしてまいりましたが、不器用なもので、どうぞご辛抱くださいますようお願い申し上げます」

斎藤先生は、彼女に右手に座るよう指示した。並んで正座していた弟子たちは彼女のためのスペースを空けるためにからだを動かし、一瞬、畳の擦れる音がした。Rの左隣にいた女性が、その短い混乱を利用して彼の耳元でささやいた。

「ご存じ？　あちらの女性、やんごとなきご身分の方ですのよ。こちらのお弟子さんになられたことは斎藤先生にとって本当に名誉なこと。私たち皆にとっても」

Rはそっとうなずいた。

それからはずっと感覚が麻痺したのか、稽古は真綿のなかで行われているように感じられた。真理子は、床の間を前にして、まっすぐ姿勢を正して動かなかったが、彼のほうは、斎藤先生の左側の四列目にいたので、頭を動かさずに真理子の姿を見ることができた。彼女は、生徒ひとりひとりの点前をぼんやりと眺めていた。


Rの番になると、彼は自分が激しく動揺しているのがわかった。たしかに、点前のときはいつも少し緊張する。今回はそれ以上に、真理子と眼差しを交わした瞬間からわれを忘れ、いつもほかの生徒たちを見て覚えてきた所作を行うことができないことに気づいた。心のなかに、突然、大きな黒い穴があいた。

深呼吸をして、襖を開け、ひとつひとつ道具を出した。茶碗の脇に茶筅を置いたとき、手もとがかすかに震えていることに気づいた。

真理子をちらりと見た。彼女は平然として彼の動きを追っていた。ほかの生徒たちにしていたのと同じように。とはいえ、彼にはその眼差しのなかに励ましが読み取れるように感じられた。おそらくそれは、彼の心が見せた幻だったのだろう。この場に紛れ込んだ外国人に対して、好意的な無関心のほかに、彼女はいったい何を感じることがあったというのか。

ベルトに挟んでいた帛紗を取り、帛紗捌きをし始めた。いつもなら流れるようにできる動作なのだが、今日に限って、帛紗を逆さに折りたたんでしまった。斎藤先生は彼の失敗をやさしく叱った。おそらく動揺の原因を知っていたのだろう。甘く残酷な調子でこうささやいた。

「まあ、Rさん、どうしてそんなにぼうっとしていらっしゃるの？　そんなふうにひどい扱いを受けて、帛紗がかわいそうだこと」

周囲の女性たちが遠慮がちにぷっと吹き出した。

Rは顔を真っ赤にして、口ごもりながら詫び、帛紗をもう一度広げたが、帛紗は無惨にも指のあいだに垂れ下がってしまった。以降は失敗することなく点前を続けたが、動作は機械仕掛けのようにぎこちなく、繊細さに欠け、硬く茫洋とした線を宙に描いた。

最後の礼をしたとき、斎藤先生から特に注意はなかった。

その晩、真理子は茶を点てず、終《しま》いまで稽古を見学していた。稽古が終わり、急いで席を立ったため、Rは斎藤先生の前で最初に礼をすることになった。斎藤先生は礼を返しながらも、真理子のほうに話しかけているようにRには感じられた。

「Rさん、今日は調子がよろしくなかったですね。いつもはもっとご自身と調和がとれていらっしゃるのに。お茶室に入るときは、悩みは敷居の外に置いてこなくてはなりません。茶道はそのためにあるのです。日常の苦悩を浄化するために」

Rは深く礼をし、にじり下がった。着物の膝に置かれた真理子の手を見つめながら。その指はかすかに動き、彼にさようならと言っているように感じられた。おそらくそれは、動揺が生んだ思いすごしだった。


青緑色の水をたたえる池に沿って歩きながら、彼は落ち着いて考えようとした。不意を突かれたように、彼女に気を惹かれたが、その誘惑には魔性のものがあるように思えた。彼女は近寄りがたい存在だ。茶室でささやかれたとおり、彼女が属するのは、日本の社会で特別な身分だということを誰もが認めている。明治時代までの封建制の崩壊も、戦後マッカーサーによって強制的に進められた民主化も、この点はどうすることもできなかった。一般的な日本人と彼女のあいだには深い溝があった。Rに至っては賤《いや》しい野蛮人といったところだろう。彼女が彼に対して抱いている感情に、芝生を横切る昆虫に向けるような無関心以上のものがあるとはまったく想像もつかない。ふたりの住む世界はあまりに離れていて、ふたりが出会うのは茶室以外にはありえなかったし、そこで過ごす稽古の間、畳の上に座っていること以外、ふたりの接触は封じられているように感じられた。

たしかに今、Rは自分でも信じていなかったあの「ひと目惚れ」の犠牲者となったようだ。今、麻痺したような漠然とした感覚だけが残っている、時とともにこの感覚が、歯痛のように通りすぎ、消えてしまえばいいと望んだ。

自分の分別には自信を持っていた。その分別が彼にこう告げるのだった。

「お前も生身の人間だ。愛は永遠ではないということを覚えておけ」

Rは自分に言い聞かせた。合理的でバランスのとれた思考を取り戻したことに安堵しつつ――それが彼の今までの人生をずっと導いてきたのだ――、庭園の、地下鉄の駅に一番近い入り口に向かった。このような弱さに流されることを、少し滑稽に感じている自分がいた。

9

一九六八年十月十四日

二カ月後、すべてが反転した。

次の月曜日も真理子は来た。その次の月曜も。Rの通っている月曜夜の稽古に来ることを決めたのだ。意図的に選んだことかどうか知る由もなかった。

Rも稽古日を変えようとはしなかった。変えることもできたのだが面倒臭い、そう自分を納得させていたけれども、そうではないことは内心でわかっていた。「月に触れようとする」ことなぞ時間と金の浪費。斎藤先生の稽古場を離れ、ほかの先生を探し、やめることもできたはずだ。

未知の力が、彼がそうすることを阻んでいた。

真理子と会うことはRにとって拷問だった。非合理的で出口のない感情の奔流には身を委ねまいと決意したものの、会うたびに、彼女が生涯の女性だという確信——どんなにそれが滑稽に思えようとも——が彼のうちに深く錨《いかり》を下ろすのだった。感情を表に出すことを思うと言いようのない恐怖がRを襲った。彼女に近づこうとすることは、彼女を失うことを意味していたからだ。馬鹿げている。所有していないものを、いったいどうやって失うことができるのか？

今の段階でなら、何事もなかったように、以前の状態に戻れたかもしれなかった。だがRは無意識に、叶わぬ情熱が麻痺してゆくことを願っていた。根本的な悲観主義者《ペシミスト》である彼は、あらゆるものが朧《おぼろ》げになり、やがて消滅すると頑なに信じていた、とりわけ幸福に関しては、自分が幸せになるかもしれないと思うとき、いつも繰り返す言葉があった。思春期のころ『失われた時を求めて』のいずれかの巻で読んだフレーズを、自分なりにアレンジして座右の銘としたものだ。「幸福の希求とは、まっすぐ歩みを進めて地平線にたどり着こうとする企てと同じくらい子どもじみたことだ」

毎週月曜の夜、帰宅すると、彼は常軌を逸した感情、抑制すべき穏やかな狂気について思い悩んだ。しかし火曜の朝を迎えるや、次の月曜を待ち望んで生活するのだった。時がたっても何も変わることはなかった。

Rは普段、家から清澄庭園までを地下鉄で通っていた。一九六八年十月十四日月曜日の晩は、出がけに土砂降りの雨になった。小笠原諸島を襲った台風が、東京にも突風を伴う激しい雨を降らせたのだ。そこで例外的に、自分の車で行くことにした。車を停めたのは、辺りで唯一駐車できる中村中・高等学校の塀に沿った通り。そこではいつも真理子を庭園の柵のところで降ろした運転手付きのトヨタ・センチュリーが、彼女の帰りを待っているのだった。

ひと月前、地下鉄の駅に向かって歩いていたとき、通りの先で真理子が車に乗り込むのを見かけたことがあった。交差点で、Rの前を通った車が速度を落とした一瞬。窓越しに見た彼女は、額を窓につけ悲しげな様子をしていた。歩道の端で立ち止まるRに、今度は彼女が気づいた。彼女は、いたずらが見つかった子どものように目を伏せ、それから彼を見つめなおし、わずかに頭を下げた。車が遠ざかるとき、うなじが見えた。それから彼はひとり、大通りの端に立ちつくし、心の動揺が落ち着くのを待った。

稽古を終えてRが帰るときはまだ雨が降っており、彼は寒さに身震いした。車に乗ろうとすると、十メートルほど先の歩道に、真理子の影《シルエット》が見えた。婦人もののレースのついた傘を差していたが、ほとんど役に立っていない。近づくと彼女は振り向き、Rだとわかって軽くお辞儀をした。

「お車はまだですか？」

彼女は首を振った。

「今夜は、母が車を使う用事がありまして。タクシーが通るのを待っております」

「この雨では、タクシーを見つけるのも難しいでしょう。よろしければ、どこかで降ろしましょうか？　今夜は車で来ているのです」

彼女は改めて通りの先を見渡した。運良くタクシーが通りがかって、この面倒な状況から救ってくれることを期待しているかのように。しかし、通りには車が走っていない。繁華街から少しはずれたところにあるこの界隈では、夜十時を過ぎれば、戒厳令下のような状態だった。真理子はまたRのほうを向いた。迷っているようだった。

「これが礼儀にかなったことなのか、わかりませんが……」

「後部座席にお掛けになられても構いませんよ。そのほうが礼儀にかなっていると思われるなら」

Rは自分が予想していたよりも少し冷淡に答えた。

彼女は、はっとして、自らの無礼に気づいた。

「いえいえ、そのようなつもりで申し上げたのではありません。どうぞお許しください。遠回りをしていただくのが申し訳なく思いましたの」

「時間はたっぷりあります。あなたの美しいお着物がこのまま濡れつづけるほうが申し訳ない」

「では、本当にご迷惑でなければ、お言葉に甘えることにいたします」

彼女は急に、Rが傘を持っていないことに気づいた。細かい雨が彼の巻き毛に降り注ぎ、きらめきながら上着の肩を濡らしていた。彼女は彼に一歩近づき、傘に入れようとした。ふたりの距離が急に縮まったので、彼女の着物から樟脳のかすかな匂いがした。彼女の背が彼とほとんど変わらないことに気づいた。

「これでは、あなたのほうが濡れてしまいますわ」

「上着は自然に乾きます。いつもぞんざいに扱っているものですから」

ふたりはRの車に向かった、肩を触れ合わせていると、彼女がずっと前から自分の傍《かたわ》らにいたように思えた。はるか昔から知っていたかのようだった。こうして歩いている数秒の間、この心地よさを彼女も共有し、また、同じ幸福感を、まるでニュートンの物理法則のように自明のこととして認めているような気がした。それに加えて、もうひとつ別の法則が生じたのではないだろうか？　惹かれ合う両者に言葉は必要ないという法則が。

車の前まで来ると、Rは真理子の手から傘を取り、助手席に乗り込むときに雨が当たらないようにした。彼女はまずシートに横向きに座り、からだを回して両足を車中に入れた。ほんの一瞬、着物の裾、白足袋のすぐ上に彼女のふくらはぎが見えた。

彼はドアを閉め、車の反対側に回り、後部座席に傘を置いた。

「よく知らない方の車にしょっちゅう乗せていただくことがあるとは思わないでくださいね」

彼女はRを見ずに言った。

彼女の声には礼儀正しい距離感があり、肉体と乖離《かいり》しているような感じがした。

エンジンをかけ、ひと気のない大通りに出た。ワイパーが、編み目のような水跡を残しながらシュウシュウと音を立て、フロントガラスは街の光を映し出していた。細かな水蒸気のせいで、街灯の照明は虹色に輝いていた。彼は暖房をつけた。焼けたゴムの匂いが車に充満し、フロントガラスの水蒸気は消えてなくなった。

「松濤です」

降りる先を聞くと彼女は答えた。「でも、渋谷の東急百貨店の前で降ろしてくださいますか。そのほうが好都合ですから」とつけ加えた。

真理子の断固とした口調に、家の前で降ろすことの何が無作法なのかRは尋ねられなかった。彼はもごもごと曖昧に同意の返事をするほかなく、このままずっと無言のままなのだろうかと自問しつつ運転に集中した。

隅田川を渡っているとき、彼女は唐突に尋ねた。

「永井荷風をご存じですか?」

彼は彼女を一瞥した。橋の光の反射が彼女の横顔を際立たせていた――薄暗い車内で、貴族的につきだした鼻、アーモンド形の目、彫刻のような頬骨、カーブした額。

「ええ、もちろん。『すみだ川』を読んだことがあります。人並みにね」

「この川を渡るといつも、荷風が小説で描いたようなかつての東京を想いますの。近代化で一掃されてしまいましたけれど。それでわたくし、陰鬱な気持ちになります」

「過ぎ行く時とともに消えてしまったものを、名残惜しんでいるのですか?」

Rは、若い女性が生まれる前の見知らぬ過去を懐かしんでいることに驚いた。

「わたくしたちは今、十九世紀末に起きたのと同じような、この街の二度目の消滅に立ち会っているという気がいたしませんか? オリンピックのためにすべてが滅茶苦茶になってしまいましたから」

「戦争がすでにかなりの部分を滅茶苦茶にしましたし……」

真理子はため息をついた。

「日本人には、アメリカの爆弾など必要なかったのです。わたくしたちの文化はゆがんでしまいました……。東京が、ああいう西洋の醜い都市そっくりになってしまうとお思いですか?」

「人の賢さが欲に打ち勝つと期待したいですが。僕は、永井荷風の東京に似た界隈に住んでいます」

「斎藤先生の助手の方から、お住まいを伺いました。本当に駒込に? 信じられませんわ」

Rのほうを向きながら真理子は言った。

「運がよかったんです」

「かなり遠回りをしていただき、恐縮です。お言葉に甘えるべきではありませんでした」

先ほどまでの感情を露わにした真理子とは打って変わった態度に、Rは狼狽した。車の窓ごしに見えた、悲しげな顔をRは思い出した。Rに気づくと、彼女はすぐさま冷静な落ち着きを身にまとった。それはあたかも仮面をつけかえたかのようだった。自分自身に求められるものにより適った仮面に。

Rは自分の住む街について話したかった。荷風の『すみだ川』の登場人物、羅月《らげつ》やお豊《とよ》、長吉そっくりの隣人たちについて語りたかった。庭の奥の楓に蔓を伸ばした藤の重い房のことについて彼女に話したかった。

しかしRは何も話さなかった。そしてふたりの間に沈黙が再び広がった。彼女が糸を繋ぐまで。

「パリは変わらないと聞きますが」

「パリは十九世紀にオスマン男爵によって大改造された石造りの街ですから、日本の街、木や紙でできた建物より長持ちします。フランスでは、むしろ人々が変化しています。われわれの文明は崩れ、社会組織は風化しています」

「社会が変化してゆくのにはいい面もありますわ。日本社会は古めかしいまま凝り固まっていて、時として個人を袋小路に閉じ込めます。自分の道を選ぶことはできませんのよ……」

「人はいつだって選択できるじゃないですか！」

彼女のつらそうな口調に驚いてRは言った。

「本気でそう思っていらっしゃるのですか？　社会が掟を押し付けないのなら、今度は運命の神様がそうなさるのだとわたくしは思います。運命に逆らっても無駄ですわ。だから、つねに心を空にして、謙虚に、感情を抑えていなければならないのです。これが人生の基本的なルール。わたくしの恥じらいのなさをお許しください。さあ、この話はお忘れになって。母が申すとおり、わたくしたち女性は自分の夢を堰《せ》き止める術を知るべきなのです。もしその状況を変えようなどとしたら、世の中はどうなってしまいますでしょう？」


　Rには答えようがなかった。彼女の語りかけている相手は自分ではないような気がした。時に日本人は外国人に対して胸のうちを打ち明けることがある。あけすけに、鏡に向かっているかのように。その鏡は、感情を反射して映し出しはしない、感情をただ吸い込むのみ。外国人に話すということは、虚空に向かって話すようなものだ。今の彼は透明な部品、黒い穴だった。

とはいえ、この若い女性の打ち明け話に、Rの心は動いた。

車は東急百貨店前に着いた。

「本当にここでいいのですね？」

「はい、もちろん。雨もやみましたし、少し歩きたいと思いますし」

彼女の側のドアを開けるために車から降りようとしたとき、彼女はRの腕に自分の手を置いた。

「どうぞ、そのままで。日本女性は大げさな礼儀作法に慣れておりませんの。今日はご親切に送っていただき、ありがとう存じました」

Rが何らかの仕草をする前に、彼女は車を降りた。まず両足を揃えて出し、それから立ち上がった。その動作の際、帯の控えめな結び目の下で、着物が臀部の曲線にぴたりと沿っていた。彼女は振り向いて、Rが見えるように身をかがめ、車のほうにからだを傾けて言った。

「またお目にかかれますでしょうか？」

Rの答えを待たず、彼女はドアを閉め、立ち去った。彼女が傘を忘れたことにRが気づいたとき、その姿は建物の背後に消えていた。

10

一九八六年一月五日から六日の夜

ここで点前を終わりにしようと思った。

釜を炉から降ろし、湯を空け、まだ熱い釜の外側を水屋で濯《すす》ぐと、一瞬シューッと音を立て、釜は乾いていく。

それから、釜洗《かまあらい》という名の、底についた灰を払うためだけの刷毛《はけ》で釜を清めたあとで、釜据え（杉の木枠）に釜を置く。炉から火箸で炭を出し、火消壺に入れる。そして茶碗を布で包んでから木箱に入れ、ほかの道具と一緒に物入にしまう。

点前のあとの片付けは、もうひとつの儀式なのだ。

夜明けを待ちながらRは何をしたのだろうか。

目の前の土壁に埋め込まれた細い藁をじっと見つめ、ゆっくり息を吸った。背筋をのばし、両手は腿の上に置き、Rのからだは動かなかった。この静かな夜に成し遂げられる任務に必要な心の平静を取り戻すために。

茶碗を見つめる。中に茶筅が入っている。Rが選んだのは、百本ほどの細い穂のついた数穂《かずほ》で、薄茶用のものだった。Rがこれから点てる薄茶は花粉のように軽い粉で、生のアーモンドの殻に似たその色は、茶碗のざらざらした闇に際立っている。

Rが好むのは相反するものの調和だ。荒々しい黒とは正反対の淡い緑、陶器の凹凸に擦れて泡立った、蜘蛛の巣のような抹茶の泡だった。

茶筅を取り出し、茶碗の左側に置く。それから、右手で柄杓を取り、左手で扱ってかまえる。この柄杓は月形《つきがた》と呼ばれ、容器と柄を継ぐ部分が月形になっている。長い歳月を経て、かすかに見える竹の気孔、ぴたりと合った半月形の接合部や、合《ごう》と呼ばれるわずかに楕円形をした小さな容器をじっくり眺めて味わう。

満ち足りて、左手で柄杓を持ったまま、素手で釜蓋を斜めに持ち上げて水滴を切り、蓋置に置く。柄杓を釜の縁にかけて、高すぎも低すぎもしないところで柄を離すと、畳に落ちるとき、籠もったかすかな音を立てる。

Rは気付くと点前の手順を離れて水指の蓋を取っていた。

眼差しは、水指の中の水の面に向けられる。水鏡に蛍のような蠟燭の炎が映る。それは深い井戸で、真理子の魂が水面に揺らめいているようだと想う。

真理子。

真理子はRの肉体、酸素、水だった。それがなければRは窒息し、干からびてしまう。Rの不均衡な影、苦悩を宥《なだ》め、闇からRを引き出す光であり、彼のからだの中心に空いた大きな黒い穴からR自身を引き出してくれた。

真理子はRに悟りや、天啓をもたらしたのだった。

柄杓を持つ人差し指と中指、反対側を親指で押さえ、ほかの指は添えて湯を汲む。習い始めのころは不自然に感じられた持ち方だったが、それにはもっともな理由があった。このように柄杓を持てば、湯を汲むとき正確に釜に沈め、滑らかな動作で茶碗に注ぐことができる。そのあと、右手で茶筅を取り、注がれた湯の中で清める。茶筅を茶碗から上げて、穂先を見る動作は、茶筅の穂が一本でも傷んでいないか、よじれていないか、折れていないかを確認するためとされる。

もちろん、そんなことは起きえない。誰が道具の傷みを事前に確認せずに点前をするというのか。誰が欠けた茶碗や、錆びついた釜を使うだろうか。誰が客たちの前で怠慢さを露呈して面目を失うような危険を冒すだろうか。とはいえ、この所作が象徴しているのは本質的なことである。

最後にもう一度、筆で「の」の字を描くような動きで、茶筅を茶碗の湯に入れ、棗の右に置く。かすかな湯気が穂先から立ち上り、冷たい空気のなかに消える。

Rが使った茶筅は、乳白色の竹で作られた白竹《しらだけ》、裏千家で用いられている。これに対し、燻《いぶ》された茶色の茶筅、煤竹《すすだけ》は表千家で、斑点のあるごま竹は武者小路千家で用いられる。

初めて茶筅を買ったときは間違えたものだった。歳月を経て鼈甲色になった煤竹の茶筅を選んできて、誇らしげにそれを斎藤先生に見せると、先生は指先でつまんで畳に置きながら軽蔑するように言った。

「これは表千家のものです。本来ならば私の稽古場の敷居を跨ぐことも許されません！」

Rはそれをごみ箱に投げ入れはしなかった。支払った額のためではなく、稽古の際に受けた屈辱のせいでもなく、茶道に取り組むときに欠くべからざる謙虚さを忘れないようにするためだった。

謙虚さ、そう、日本では何事も謙虚の心をもって取り組まなければならないのだ……。

11 一九六八年十月

次の週には地獄を味わった。待つことが緩慢な投獄であることを、Rはこのとき初めて知った。

誰であれ、何であれ、これほど待ちわびたことはなかった。これまでの人生では、時は知らぬ間に流れゆき、欲望も希望も抱かずにいた。欲望が希望を、希望が欲望を呼ぶのだとすれば、何も望まないことが人生をシンプルにするのだとRは考えていたのだから。

だが、あの若い女性が車のドアを閉める前に彼に言った問いは、Rを思索の深淵、さらには期待と欲望の深淵に沈めた。

たしかに彼女は、Rに櫂《かい》を預けたが、漕ぎ方までは教えてくれなかった。舟の行方はいまだ彼女の手中にあり、Rが漕ぎ手となるかどうかも彼女が決めることだった。連絡をとるためのいかなる手段も知り得ていない。

月曜日の稽古中に、皆の前で接近するのが問題外だということはRもわかっていた。どんな示し合わせの眼差しも、いかようにもとれるちょっとした仕草も、捉えられ、分析され、解釈される。斎藤先生のところでは、生徒たちが残酷な貴賓として取り巻いており、陰謀家たる古株の弟子たちが微細なしきたりを支配していた。

斎藤先生自身も、その調和というべきものが保たれるよう心を配っていた。褒め言葉と叱責、優しさと厳しさの絶妙な配分を用いて、先生は信奉者のひとりひとりの心のうちに、嫉《ねた》みの萌芽や、かすかな恨み、わずかな希望が育まれるようにした。それは集団に生まれる力学《エネルギー》を停滞させないためなのだった。バランスを壊さず、集団全体を危険にさらさない限りにおいて、少しばかりの陰口は黙認された。

思えばそれは、日本の共同体《コミュニティ》における典型といえた。

Rは電話帳で、松濤に住む真理子と同じ姓を探した。一軒見つけたものの、電話などできないことはわかっていた。電話口に出るのは、おそらく秘書か執事だ。

何と言えばいい?「真理子さんが私の車に傘をお忘れになりました。真理子さんはいらっしゃいますか?」

雨の降る夜でさえ、家の前まで車で送ることを拒んだ彼女が、家の囲いのなかへの闖《ちん》入《にゅう》を許してくれるはずはなかった。

ある晩Rは、電話帳で見つけた松濤の住所を徒歩で訪ねた。明かりのついていない立派な正門には簡易交番《ポリスボックス》があり、警官がうとうとしていた。緑生い茂る塀の奥に広い庭があり、その中央に屋敷があることがうかがえた。大きな銀杏の木々が十月の風に身を震わせていた。通りのつきあたりまで行くと、塀づたいの細い小径が、五十メートルほど先まで続いていた。どこからか、軒下の風鈴の音と、池に注ぐ滝の音が聞こえた。

街灯の暗いその道へと曲がってゆくと低い門が現れた。隙間から覗き見してみようとしても、そこには壁板がぴたりと嵌められている。Rは引き返した。警官から疑いの目を向けられぬよう、簡易交番の前は通らなかった。警備《セキュリティ》の水準の高さが、ここが真理子の住む場所であることの確証だった。真理子は、この邸宅と似て、手の届かぬ要塞なのか……。真理子がちらつかせた再会の約束は、Rにとってただただ残酷なものになるばかりだった。Rはそのことに深く傷つきながらも次の月曜日を切ない気持ちで待った。

早く着きすぎたせいで、斎藤先生の稽古場はまだ閉まっていたので、彼は池のはとりにしゃがんで待つことにした。庭園には誰もおらず、夕日が池の紅葉を輝かせている。夕暮れの寒さのせいで皆帰ってしまったのだろう。遠くで車の通る音が聞こえた。池に潜ってゆこうとする鯉が、突然怒ったように尾の動きでRのいた石に水を跳ねかけた。

茶室の玄関の明かりが灯《とも》り、水面に輝く波のようにきらきらしていた。Rは池の淵に沿って茶室に向かった。

Rを迎えたのは、斎藤先生の弟子の男だった。彼はひとり、床の間から一番離れた場所に正座し、ほかの生徒が来るのを待った。時折、沈黙を乱すのは、助手の女たちの足袋が畳に擦れる音のみ。彼女たちの話し声はほとんどない。話したとしても、短い言葉を、あまりに小さくささやくので、Rの感じる静寂はむしろ増大するようだった。Rは心を空にし、うとうとしはじめた、まぶたを半分閉じて。

唐突に、隣に彼女が現れた。入ってくる音には気づかなかったが、かすかな樟脳の香りに包まれるのを感じた。彼女はわずかに前傾して正座し、扇子を置いて畳に両手をつき、Rに一礼した。

彼女は、生成色の秋の着物を着ており、それは彼女の肌の白さを際立て、きゃしゃなからだを強調していた。着物の裾には紅葉の刺繍があり、金糸の飾りのあるシンプルな帯が細いからだに締められていた。この日、髪は結い上げておらず、組紐で無造作にまとめられ、厳格な服装のなかで、唯一風変わりな印象を残していた。

彼女はRを一瞬じっと見つめたあと、眼差しは床の間の花入の竹筒に生けられた牡丹に向けられた。Rは、真理子の横顔から目を逸らすことができなかった。真理子はおそらくその視線を感じていただろうが、困っている様子には見えなかった。

「季節はずれですわ」

彼女はRのほうに振り向いて言った。

「え?」

真理子に見とれていたRは、その一言が理解できず、彼女が見せた大胆な振る舞いに困惑したが、真理子は平然としたままだった。

「この牡丹が季節はずれだと申しました。この牡丹は紫雲殿《しうんでん》の一種ですけれど、これだけ遅咲きのものは存じませんわ」

「ああ、そうですね。この牡丹は素晴らしい! 牡丹はむしろ、春の花ですよね」

「ええ、春の花です」

と彼女は谺のように繰り返した。

それから急に、小声で言った。

「いつもこんなに早くおいでになりますの?」

話題が急に変わり、Rは面食らいながら、

「いいえ、いつもはもっと遅いです」

「今日は待ちきれずにいらしたのかしら? わたくしはそう……。どうしてわたくしがお稽古の三十分前に行きたがるのか、運転手は不思議そうでした。いつもはわたくし、ちょうどに着くようにしていますの」

「奇妙な一致ですね」

「そうでしょうか。偶然の一致とは思えないわ。起こるべくして起きたものですわ」

「運命ですか？」

Rは思い切って言ってみた。

「運命というより縁かしら。人と人とを結ぶ目に見えない絆」

「あらゆる人を？」

「ある種の人を」

「絆……それは、その性質からして、ほどけてゆくものでは？」

「あなたは悲観主義者《ペシミスト》でいらっしゃるのね……。たしかに結ばれて、それからほどけてしまう絆もありますが……でも、滅多にないことだけれど、何ごとをも乗り越える、時間も、別離も、悲しみも乗り越える絆もあるのではないでしょうか」

「それでも、さすがに死は乗り越えられないでしょう」

「そんなことはありません！　この絆は揺るぎないものです。絆が永遠のものとなるかどうかは、絆を紡ぐ人次第なのでは？」

彼女は入り口のほうをちらりと見てから、Rのほうに身を傾けた。

「池のほとりでお見かけしました。わたくしは向こう岸にいて、空を見上げていたとき、あなたが現れたのです。ご存じでしょう。空は、眺めるものに多くを語りかけてきますことを」

「今夜は、空はあなたに何を語ったのですか？」

「あなたがおいでになることを。そして、わたくしが目を下ろすと、あなたが池のほとりに腰をおろしていらしたの」

「僕のほうに来てくださればよかったのに」

「気づかれずに、あなたの姿《シルエット》を眺めて、わたくしの心が伝えてくれることに耳を傾けていたのです」

もっと詳しく知りたいと思ったが、Rはこれ以上尋ねなかった。このささやき声の会話の展開に反して、まだ希望よりも不安が勝っていたのだ。

「僕の心の声は聞こえましたか？」

「ええ、初めてお会いしたときから。あなたの心の声は少し慎みに欠けますわ。お気をつけて、ほかの人たちにも聞こえてしまいます」

慎みなどどうでもいいのだと彼女に言いたかったが、Rはこらえた。

「鯉がお好きなのですか？」

唐突に彼女は尋ねた。

いきなり話題が変わったので彼は困惑した。

「いや、そうでもありません。鯉は俊敏さに欠け、くねくねしているでしょう？　鯉に囲まれて泳ぎたくはないですね。あの唇の厚い大きな口で、僕の血を吸いに寄ってくるような気がしますよ！」

　彼女は手を口にあてて、少し笑った。

「鯉は人間を食べたりしませんわ」

「ええ。でも醜いし、意地悪そうでしょう？」

「でも、先ほどは鯉たちとお話をしておられましたよね」

「ひとりぼっちにならないためです」

「孤独が怖いの？　孤独は寄り添い従う伴侶のようなものだとわたくしには思えますわ」

「寄り添うというよりむしろ心を乱すような道連れです。孤独に親しむことは、自分のなかにいる悪魔たちとダンスするようなものだ」

「驕らず、衒《てら》わずにいらっしゃるといいわ。そうすれば悪魔とて黙ると思いますけど」

「僕には悪魔を黙らせることなんてできない」

「悪魔を飼いならすことならおできになるのではなくて？」

　玄関先で声が聞こえた。適切な距離をとろうと畳の上を滑るように移動する前に、彼女はささやいた。

「先日は送っていただき、ありがとうございました。たいそう遠回りをさせてしまって。でもわたくしはわがままを悔やんではおりませんの。あなたも、お許しくださるとよろしいのですが」

「車に傘をお忘れになられました」

「忘れたわけではありませんのよ。あなたの傍らにいて、わたくし自身が染み込んでゆけばいいのにと願いました」

「お返ししたほうがいいですか」

「いいえ、あなたがそのままお持ちくださるほうが嬉しいのです」

Rが答えようとしたとき、斎藤先生が入ってきた。真理子とRは揃って一礼した。

「お話のおじゃまをしてごめんなさいね」

先生は明るく言った。

「この素晴らしい牡丹を拝見していたのです。Rさんが、何の品種かを教えてくださいまして」と真理子はいたずらっぽい目で、Rのほうを向いて言った。

「島根《しまね》長寿楽《ちょうじゅらく》だと思いますが」

この花のもうひとつの名前を使って、今度はRがいたずらっぽい目で答えた。

真理子の顔には、楽しげな驚きの表情が見て取れた。

「以前、この花を栽培している中海《なかうみ》にある大根島《だいこんしま》に行ったことがあるのです。以前はその島で天皇のための馬も育てていたそうですよ」

斎藤先生は微笑んだ。

「Rさんは本当に博識ですね！　お気づきのとおり、十月の床の間に牡丹を飾るのは、厳密に言えば適切ではありません。この牡丹は温室栽培なの。季節の巡りを乱してはお花にはかわいそうなことですわ」

若い女性たちの集団がざわざわと到着し、並んで斎藤先生に挨拶した。真理子とRは、先生の合図にしたがい、彼女たちが通れるように少し後ろに下がった。

「おふたりは並んで私の左側にいらっしゃい」

先生は、床の間の一番高い位の場所を指差して言った。「真理子さん、あなたが点てた最初のお茶はRさんに差し上げてください。それから、Rさん、もうおひとりで間違えずに、終いまで点てられるでしょう。お手本を示してくださいね」

真理子はお辞儀をして、斎藤先生の左隣ににじっていった。真理子は、Rが隣にくるとき、挨拶のざわつきを利用して、Rの耳元でささやいた。

「今度の月曜は、母になにか車が必要な用事を見つけます……」

12

一九六八年十月二十八日

Rは車で深川に行くことにした。

出かける前に車から真理子の傘を取り、玄関の傘立てにしまった。それは彼女からの贈り物のように思えて、Rの心は弾んだ。

こうした物への愛着を好ましいとは思っていなかったが、多くの日本人が旅行鞄にお守りを付けたり、財布に金運を引き寄せるという金色の蛙を入れたりするのと同じように、Rにとって家の玄関に置かれた真理子の傘は、大切なお守りなのだ。

十月最後の月曜はかなり寒かったので、パシュミナのストールを巻いた。このストールは傷みやすいので滅多に使うことはなかったのだが。

出がけにワイシャツのボタンが取れていることに気づき、付け直すのに数分かかり、そのうえ、不運なことに永代橋は渋滞。車は清澄庭園の茶室とは遠く離れた側にある、松永《まつなが》橋《ばし》に近い路地にしか停められなかった。松永橋から茶室に行くには、たっぷり五分ほど歩かなければならなかった。

到着すると、生徒たちは、床の間を背にした斎藤先生の前に一列に並んでいた。
「これからはじめるところでした」と、先生はRに部屋の奥に座るよう促した。Rは恐縮して顔を赤らめながら、先生の示した場所に急いで正座した。目の前に扇子を置き、口ごもりながら頭を下げて遅れたことを詫びると、先生は鷹揚にそれを受け入れた。Rが身を起こしたとき、正面にいる女たちの列の端に真理子の姿が見えた。

稽古のあいだ、真理子はずっとRから目をそらし、正面の一点を見つめていた。点前が彼の番になったときも、彼女はまばたきひとつしなかった。緊張して硬くなったRは、いくつか初歩的なミスをし、そのたびに斎藤先生の歯の隙間からもれる「すー!」という非難の音が部屋に響いた。

真理子の点前はRの硬さと対をなしているように軽やかだった。

稽古が終わると、「Rさん、ちょっとこちらへ」と先生に呼び止められた。そのとき、真理子の姿が滑るように、玄関から闇に消えていくのが見えた。Rに示し合わせるような身振りひとつせず、今夜会うことはかなわぬこととわかっていても、無情という言葉が彼の脳裏に浮かぶ。ほころびたボタンと夕方の渋滞のせいで、すべてが台なしになってしまった。

斎藤先生は、遅刻と間違いだらけの点前について小言を言った。皮肉たっぷりに。

「あなたの遅刻とミスの多さは稽古場の調和を乱します。このままだったらクラスを下げることになりますよ。もう月曜日には来られなくなります。曜日を変えたくはないでしょう？」

Rはできるかぎり謙虚に答えた。

「私の粗相をどうかお許しください。それに月曜日にしか伺えません。月曜だけが職場を早めに出られる日なので」

「そのことはうかがっているけれど」

斎藤先生は茶化すように言った。「それだけが月曜日でなければならない理由なのかしらね」

先生は、うんざりしたように扇子を向けて、Rに帰るよう促した。

Rは挨拶をし、コートを着てストールを巻き、身震いしながら寒い夜のなかの庭園を横切った。おのれの不運を嘆きながら。

庭園から出ようとしていたとき、足音が聞こえた。

街灯の光に包まれて、真理子が目の前に立っていた。

「ずいぶん遅くでしたのね！　ここであなたを待つのが間違いなのかしらと心配しておりました」

「いつもと違って、ここを通るのは初めてだったので。もうお帰りになられたと思っていました」

「タクシーを拾おうとしたのですが、庭園の正面口にあなたの車が見あたりませんでしたので、ふと思いついて引き返してここに来てみましたの。人通りが少なくて、ひとりでお待ちしているのは心細いものでした。あちこちに幽霊が潜んでいそうでしたもの」

「僕がこの門から庭園を出るとどうしてわかったのですか？」

「不思議ね」

　真理子はささやいた。「わたくしたちの理解を超えたことが起きているよう」

「何かがわれわれを操っているような？」

「ええ。わたくしたち、大きな文楽人形みたい。仕草のひとつひとつが糸で操られているように感じられますもの」

「あなたはそれを運命と呼ぶのですか？」

「運命の女神がいるとは思いませんけれど」

「とはいえ、知らぬ間に決められた軌道にいるような感じがしてきます」

「この道を通られたことは、これまでありませんでしたのよね」

「そう。僕は、あなたがお帰りになられたと思った。もう遅いし、寒いし。僕が足止めされていたのはおわかりでしたよね。どうして待っていてくださったのですか？」

「どうか困らせるような質問はなさらないで」

「困らせるような？」

「わたくしたち日本人には、心をかき乱すような気持ちを説明する習慣がないのです」

「すみません。僕のことを図々しいと思われたでしょうね」

「いいえ。当然です。あなたとわたくしには、子どものころから教えられてきたことに大きな溝があるのですから」

「溝は埋めることができると思いませんか？」

「わたくしたち、つまり、あなたとわたくしだけのことなら、溝は埋められるかもしれないけれど」

彼女は仏塔のほうに顔を向けた。

「恐ろしいけれど、美しいわ。そう思われません？」彼女は言った。

「あの塔はわたくしたちを守ってくださっているのかしら？　それとも反対に、怖がらせているのかしら？　あなたはどう思われますか？　お互いの差は、わたくしたちを守ってくれるのでしょうか、それとも脅《おびや》かしているのでしょうか？」

「それを決めるのは、僕たちではありませんか？」

「わたくしがここに来ることを決めたのはどうして？　あなたが斎藤先生に呼ばれたとき、なぜ寂しく感じたのでしょう？　引き返すようにわたくしを促した狂おしい気持ちは何？　どうして、いつもどおり理性的な声に従い、門から出てタクシーに乗ろうとしなかったの？　こうしたことがなぜ、あなたの人生やわたくしの人生に定められた流れを乱すことになるのか、わたくしにはわかりません。秋ははじまったばかりだというのに、どうしてこんなにも寒いのでしょう？」

そしていきなり、真理子はRの胸に飛び込んだ。Rが促す間もなく、彼女はRのほうに一歩踏み出していた。それはあたかも、正反対の極にあったふたりの心が、突然増大した互いのエネルギーによって、距離を乗り越えてしまったかのようだった。

真理子は頭をRの肩に載せた。首元の髪の房が彼女の吐息でなびいた。真理子のからだの震えを感じて、彼はパシュミナのストールをはずして彼女の肩にかけ、それから軽く、ほんの一瞬、抱きしめた。強い力で彼女を怯えさせることを恐れるかのように。

真理子はRのからだに密着して、耳元でささやいた。

「もっと強く、お願い……」

Rは力を込めて彼女を抱き、彼女はなすがままになっていた。じっとして、彼の大胆さに怯えているようだった。
Rはコートの裾をひろげ、まだ震えている真理子を包み込んだ。それは寒さのせいか、それとも感情の昂《たか》ぶりと恐れのせいだったのだろうか？

ふたりは長い時間、動かなかった。その時間は果てしないように感じられた。ふたりの上には一羽遅れて樹上に向かうカラスの羽根の擦れる音から、また、都市の明るさにも弱められない星のかすかな音からもふたりを守る覆いのようなものがかぶさっていた。ただ、動脈を流れる互いの血液の拍動、胸の息遣い、心臓の鼓動しか聞こえない。Rの首には密着した真理子の唇の柔らかさがあった。しかし、その唇は動かず、ただそこに在るだけで、まだ何の兆しも見せてはいなかった。

彼女の顔を撫でることも、最初のキスもしなかった。この瞬間の均衡を乱したくなかった。魔法が解けてこの女性が逃げてしまうことが、わずかな動きでこの夢が消え去ってしまうことが怖かった。Rはただ真理子の名前をささやいていた。はじめは遠慮がちに、それから、さらに何度も聖書の詩編か教典《スートラ》のように繰り返し……。彼女はさらにぴたりとからだを寄せた。ふたりのからだの溶け合うような感覚は、苦しくも素晴らしかった。

とうとう彼女はRから身を離し、Rを見つめた。その眼差しが語ることを受け取って、彼女に口づけすることもできただろうが、彼はそうしなかった。

「ごめんなさい、恥ずかしいわ。今までこんなことをしたことはございませんのに」

彼女は言った。

「悔やんでいるのですか?」

彼女は頭を横に振った。

「どうしてわたくしたちは、かなわぬことを互いに死ぬまで望み続けるのかしら?」

「それを可能にするのは僕たち次第です。そうお思いになりませんか?」

「してみなければわかりませんわね!」

突然、いたずらっぽい調子で彼女は言った。「この数日、流されるままでいるのが厭《いと》わしくて……」

彼女はRに腕をからませ、引っぱるように門に向かった。Rは、自分の人生もこうして真理子に導かれてゆくようにと、苦悩と幸福が混じった気持ちで切に願った。

「お腹がすいたわ。よろしければお食事いかがかしら」

真理子は付け加えた。「それから家までお送りくださいましね」

ふたりは運河沿いにまだ開いている小さな居酒屋を見つけた。土間があり、老婦人がひとりで切り盛りしていた。客はふたりだけだった。掘り炬燵に座ると、老婦人が食卓にコンロを置いた。網には醬油をつけた野菜がのっていた。みそ汁のお椀と、ご飯と、漬けもの。このシンプルな食事をふたりは静かに、見つめ合いながら食べた。真理子は箸を逆さに持って網の上の野菜を返し、焼き上がるとRの皿にのせた。

「お箸はそのままで大丈夫ですから」

「そんなことできません。わたくしが口をつけたお箸の先であなたのお野菜を取るなんて！」

Rは、彼女の唾液に浸った野菜を食べたいのだと答えたかったが、彼女の唇の魅惑的な果肉を見つめるだけにとどめた。甘い玉ねぎの輪切りや、ほとんど火の通っていないインゲンを皿に取ってくれるあいだ。


夕食が済むと、ふたりはRの車へと向かった。運河の水が、月に照らされ赤褐色に輝く平底船の舳先《へさき》にスカラップの縁取りをつけていた。真理子はRと並んで、彼のパシュミナのストールを肩にかけて歩いていた。ふたりの手が時折触れ合った。真理子が彼の主導《リード》を期待しているかわからなかったので、それ以上先には進まなかった。車に着いてドアを開けると、真理子は肩のストールをはずし、Rに差し出した。

「ありがとう！　とても暖かでしたわ」

「よろしかったら差し上げます。とてもよくお似合いでしたから」

「これを肩にかけて家に帰りましたら、問い質されます。それにずいぶん遅い時間になりました。父が外で待ちかまえているのではないかと心配です」

「お父さまは怖い方なのですか？」

「父親はみんな怖いものですわ。でも安心してください。想像力をはたらかせて言い訳を考えます」

「あなたを困った状況に陥らせたくはありません」

「あなたのせいではありません。わたくしの心の問題です。大丈夫、うまく切り抜けますから！」


家の近くの百貨店の前に着くと、真理子はRに意外な提案をした。

「明日の朝は、生け花のお稽古に参ります。タクシーなら少し早く出られますし、誰にも気づかれません。明治神宮の入り口でお会いしません？　北参道の入り口で、七時半に」

「はい、うかがいます」

「では、ストールはお借りしますわね。とても薄いから、バッグのなかに隠せます。これをお返しすることが、あなたに会う口実になりますでしょう？」

＊＊＊

翌朝、Rは待ち合わせの十五分前に到着した。柔道着姿の裸足の男たちが目の前を走っているのを見ていたとき、背後に真理子の気配を感じた。振り返ると消防署沿いの道を上ってくる真理子の姿が目に入った。白いスラックスに、フードに毛皮《ファー》のついたエレガントな白いパーカを羽織っている。朝の澄んだ光がフードの褐色の毛皮にからまり、まるで後光を放っているように輝いている。ポニーテールを揺らしながらステップを踏むように歩く様子は、和服のときの滑るような歩みからは想像もつかない姿だった。初めて見た洋服の彼女からは女性らしいからだつきが見てとれた。胸の穏やかな丸み、腰の調和のとれたカーブ、そして脚の細さ。

真理子はRに気づくと歩みを速め、腕のなかに飛び込んできた。昨日と同じように、真理子のからだの温もり、洗い髪のほんのりとした香り、彼の頬にぴたりと寄せた頬の柔らかさを感じた。困惑しつつもRは真理子の持つもうひとつの女らしさを発見した。それはより官能的で、生き生きとして率直であり、和服のときのようなかしこまった印象はなかった。高慢で冷ややかな堅苦しさ、五感を刺激する芸術的な女性性《フェミニニティ》は和装だけのものだ。

Rは思いもよらぬ眩暈《めまい》に襲われ、この差し出されたからだを自分のすべての感覚で感じた。Rは歌を口ずさみはじめた。『ウエスト・サイド物語』のアリアのメロディに乗せ、*Mariko! Mariko! Mariko! I just met a girl named Mariko*……彼女は一層ぴったりと身を寄せてきた。

13

一九六八年十一月

その日、斎藤先生の茶室を出たのはRが最後だった。先生に引き止められて、褒め言葉に与《あずか》った。

「Rさん、とうとう何かが変わりましたね。二週間前にはこの滑らかさはありませんでしたよ。もちろん今でもミスはありますが、基礎は覚えられました。この調子でお続けになれば、茶道の次の段階に進むことも考えましょう」

Rは嬉しさのあまり顔を赤らめた。

「ご自宅でもお稽古をなさるといいわ。週に一、二回。千利休の教えを忘れないでください。『足るを知る』茶の湯は華美なものではありません。茶の湯で求められているのは、感情を抑制することです。だから、明日に何も期待しないことを学んでください。今この瞬間の幸福で満足しなければいけません。自分が人生を決めているように見えますが、実際は人生があなたのことを決めているのですから」

清澄庭園から地下鉄の駅へと向かいながら、Rは斎藤先生の言葉の意味を考えていた。Rは困惑し、自問した。あの忠告は茶道のことだけを意味しているのだろうか。先生は、真理子とRのあいだで織り上げられつつある感情を見抜いたのではないか？　恐れを知らぬ危険から彼を守ろうとしているのではないか？　こうした考えが、家に帰るまで心を苛《さいな》んだ。

駒込に着いた彼は自問を振り払い、気を静めるために、あたりを散歩することにした。着物の上に外套とストールを身につけ、戸に鍵もかけず、あてもなく出かけた。路地の凸凹に躓《つまず》きながら、例年より早く冬の寒さを足下に感じた。下駄底は時折地面をこすったが、Rの心は星とともにあった。どこを歩いているのかも、誰とすれちがったかも気にかけず、時折人にぶつかると反射的に謝った。頭のなかを真理子の言葉が巡っていた。彼女の声の響き、青みがかった髪の輝き、席を立つときのかすかな腰のひねり。仕草、言葉、声の抑揚、真理子のどんな姿も何ひとつ消えないでほしいと願った。それらの生き生きとした一瞬をとどめておく唯一の方法は、それを毎日、毎夜、思い出すことだ。

寒さに追い立てられるようにして、帰宅し床についた。

翌朝は乳白色の障子に和らげられた明るい陽光で目が覚めた。部屋の冷気がRを包んでいた。最初に頭に浮かんだのは、見たばかりの長い夢のことだった。

自分の家ではない質素な家の炬燵に座っている。そこは京都で、家は哲学の道沿い、銀閣寺と南禅寺のあいだにある。白川の疎水を流れる水の音が聞こえる。

なぜ、この場所なのだろうか、とRは思った。たしかに京都は何度も行ったことがあり、哲学の道はどの季節も通ったことがあったが、京都で暮らしたい、特にこの界隈で暮らしたいと思ったことはなかった。それは冬の午後の終わりのことだった。Rは炬燵に腰まで入り、火鉢は炭の渋い熱を発していた。和服の上には綿入れを羽織っていた。それでも、部屋の刺すような寒さが肩に落ちてくる。書き上げた原稿が机の上に並べられている。モンブランの万年筆がRの前に置かれていた。右手の指には空色のシミがついていた。何かの記事か小説を書いているようだが、定かではない。彼の眼差しは、夕日に照らされた正面の障子戸をぼんやり見ていた。思いに耽るというより、インスピレーションが枯渇した状態だ。あるイメージを具象化したいのに、言葉はぶつかり合ってきちんと一列に並ぶことを拒んでいた。形は作家の頭のなかに明確にあるにもかかわらず。

そのとき、玄関の引き戸の音が聞こえ、女性の声がした。真理子の声だった。

真理子は入ってきて、Rの後ろに正座した。姿は見えなかったが、脇腹に彼女のからだの温もりを感じ、からだから樟脳の匂いがした。彼女も和服を着ていた。

「きょうはお仕事ははかどられまして？」

彼は答えず頭を縦にふるにとどめ、振り返らなかった。彼女がそこにいないこと、それが実体のない夢であることを恐れて。

「この家は本当にお寒いわ。よくここでお暮らしになっていらっしゃいますわね」

彼女は付け加えた。

「お茶を淹れましょう」

台所に行くために真理子が立ち上がったとき、畳に布が擦れる音が聞こえた。しかし姿は見えなかった。彼の前を通ったはずなのだが。夢うつつの状態で炬燵に入ったまま、襖の向こう側で彼女が立ち働く物音を聞いていた。

「お砂糖はどこかしら？」

それに対する自分の答えは聞こえなかった。そんなものは必要ないのだ。なぜならこれは夢なのだから。

まもなく、彼女はアールグレイを淹れたカップを持って戻ってきて、彼の好きなその紅茶を原稿の近くに置いた。Rがそれを手に取ると、しずくが一滴落ちてインクが滲《にじ》み、書き進めた行が読めなくなった。しかし彼にはどうでもよかった。何よりも大切なのは真理子の存在だった。彼女に向けた関心をそらしたくなかった。相変わらず彼女を見ることはできなかったのだが。あるいはもっと的確に言えば、彼女を見ることができなかったからこそ。

一瞬でも気を抜いて真理子が姿を消してしまうことのほうが怖かった。真理子はRの後ろにまわり、彼の肩に蜘蛛の巣のように軽い布、黄土色のパシュミナのストールをかけた。それから真理子は手をRの肩から胸に滑らせた。彼女が背中にもたれかかっているのを感じていた。首筋に彼女の息がかかった。

「お風呂を入れてきます。それから夕食の支度をいたしますね。市場でお好きなお惣菜を買ってまいりました」

そこで夢は中断した。

しばらくのあいだ、この心地よい夢にとらわれて、そこから出たくなかった。それは、何ら変わったところのない、ごく平凡なカップルの日常の一場面で、あまりに平凡なため実際の生活では気にとめることもなく、すぐに忘れられてしまうようなものだった。しかしこの凡庸さは、真理子とRが長く親密な関係を持ち、危機と困難を解決し、めくるめく情熱を抑制してきた結果として手に入れるものだ。互いの無理解や文化的な忌避、節制の絡み合う茂みの先、長い道のりの到達点だった。

この日常のありふれたシーンは、Rが真理子と過ごしたいと望んでいることを示す寓話だった。いつも彼だけが待つことの苦悩に耐えるような日々。真理子が帰る瞬間までの耐え難い苦しみ。疑いと確信、不安と安堵が交互に訪れる。やがて玄関の引き戸の音がかすかに聞こえ、真理子が明るい声で「ただいま帰りました」と歌うように言うとき、Rの「おかえりなさい」という儀礼的な受け答えは、彼の語彙のなかでは「君が帰ってきて嬉しい」「ようやく帰ってきたね、僕はずっと待っていたんだ。君が戻ってこないのではないか、君に見捨てられるのではないか、君は幻だったのではないかと怖かったよ」といったことを意味していたし、真理子もそれをよく理解している。真理子は彼をなるべく長い時間ひとりにしないようにして、頻度もできる限り抑えていたことだろう。彼女が買い物や用事で出かけるたび、帰ってきたときの喜びはRにとっていつも砕ける波のような衝撃だ。真理子が戻ってくればいつも幸福を感じ、彼女の腕に抱かれると、真理子の不在により冷えかけた心は温められるのだった。

Rはひとりでいることが怖くなくなった。生きることがもう怖くなかった。

Rはようやく布団から出て、風呂場へシャワーを浴びにいった。新たな喜びがRのなかで生まれていた。真理子は生きる喜びを与えてくれた。Rは興奮を抑えて地に足を着けようとした。真理子との関係はまだ始まったばかりで、どのようなものであれ将来を考えるには早すぎるし、のぼせるあまり真理子の言葉を都合よく捉えているかもしれないし、ほのめかしを想像力で歪曲しているかもしれない。こうした言葉には日本人になじみの両義性が含まれていた。

しかしRには、これが真理子の残酷な遊び、暇つぶしのどうでもいい恋の戯れであろうとはどうしても思えなかった。

シャワーから出るときには、真理子は本気であると納得し、穏やかな気持ちで週の残りの日々を過ごした。

14

一九六八年

Rの人生は、それ以降、真理子の人生を中心に巡ることとなった。

ふたりの関係は、真理子の社会的地位による制約に支配されていた。早い段階で、慎重にならなければならないということを真理子は説明した。両親に正式に紹介していない男性と付き合うことはできない、と。Rは単なる礼節以上の複雑な理由があると疑いながらも、真理子との関係に必要な要求には応じることに決めた。彼女と一分間を過ごすためなら、清澄庭園の池に映る月の影を千回でも掬《すく》おうとしただろう。

Rの仕事は融通がきき、予定をコントロールすることができた。ロビーは、Rとの得意先まわりがうまくいった帰り道にはもう、Rに仕事を任せることを決めていた。ロビーのアドバイスは専門的なものではなかった。真理子の登場以来、彼がRに伝えていたのはむしろ予言の言葉だったと思うようになった。

「Rくん。君がこんなにも早く仕事を覚えてくれて嬉しいよ」

ロビーはある朝、言った。「これから私は、加奈子のために時間を使おうと思う。この先は君に任せたよ。君には若さがある。君は私が託したものを増やすコツをつかんだ。もう金の心配はいらん。とはいえ、君をしばらく観察してきたこの老いぼれから、ひとつ忠告させてほしい。君にはひとつ足りないものがある……」

ロビーは一瞬口をつぐんで、上着のポケットから葉巻を取り出した。着火の儀式に専念する姿をRはじっと見ていた。茶道がRにとってそうであるのと同様、その行為はロビーにとって心を落ち着かせる時間だった。葉巻をひと口吸い、口からそれを出し、煙の雲を吐きながら、先端が燃えているかを確かめる。ようやく、ロビーは口を開いた。中断などなかったかのように。

「それさえあれば、君の人生は生きるに値するものになるだろうに」

「ひと目惚れ、ですか？」

Rは思い切って言った。口調に皮肉がまじったことを悔やみつつ。

おのれの人生が生きるに値するものになるために、誰もが切望することとは何だろうか？

「そのとおり、ひと目惚れだ。人生の残りの日々、君の脳裏にまとわりつくひとりの女性を見つけるのだ。はっきり言って、砂糖や糖蜜缶を量り売りしたり、古い茶碗の底のお茶をかき混ぜたり、つまらぬ女をひっかけたり……」

ロビーは口をとがらせた。

「そんな蝶々のようなあやふやな軌道は君に似つかわしくない。君に、本物の情熱《パッション》が訪れることを願っているよ。妄想めいた情熱によって、君は終わりのない下り坂を駆け降り、真夜中に目を覚ましては、手探りで周囲を確かめて、夢を見ているのではないことを知る。それほど一瞬一瞬が素晴らしく、恐ろしくもある。君につきまとい、君にうなり声をあげさせ、命を奪うかもしれないような情熱。しかし、それに出会ってこそ君は、はじめて人生を生ききったと言えるのだ」

ロビーは席を立ち、事務所のドアに向かった。そして戸口でRに指を向けた。

「楽しみにしているよ。私の遺したものを有効に使ってほしい。幸運を祈っている。Rくん」

ロビーは静かにドアを閉め、出て行った。磨りガラス越しのぼやけた影《シルエット》は小さくなり、やがて廊下の先で消えた。Rはただひとり、物思いに耽っていたが、電話が彼を現実に引き戻した。

真理子からときどき、電話してもいいかと言われたことがあった。Rは駒込の自宅と事務所の直通電話の番号を教えた。

はじめのうちは、週一、二回だったのが、次第に頻繁になり、毎日になった。一日に五、六回ということもあった。

Rは、真理子からの電話を待ちきれなくなっていた。日中、彼女からの電話がないと、その夜は思いを巡らせて眠れなかった。二日続けて電話がかかってこないときなど、あやうく松濤の彼女の家の前まで行き、不安の大きさを訴えるところだった。

「知り合って以来」

ある月曜の晩、稽古のあとで東京のはずれの店で食事をしていたとき真理子は言った。

「公衆電話のために十円玉を集めているのです。十円玉がとても大切に思えて」

「家から電話してくれればいいじゃないですか？」

「とんでもない！　壁に耳あり……。わたくしが電話に近づくと、偶然を装いながら、手伝いの者が近づいてまいります。そして、両親の留守中にわたくし宛に電話がこようものなら、帰宅後に尋問が待っていますわ」

「江戸時代じゃあるまいし」

「わたくしの姓は江戸時代にさかのぼる名のある家。目に見えない牢獄なのですわ」

斎藤先生の稽古では、真理子はRと距離をとろうとしていた。Rは早めに到着して、彼女と数分でもふたりきりでいたいと虚しく期待したが、真理子はほかの弟子たちが来てからしか姿を現さなかった。ある日は、彼女が点前をしているときの彼の視線がしつこいとRは非難された。

「でも僕は洗練されたあなたの動きに見とれていただけですよ」と反論した。

「なるべく目立たないようにしていただけるかしら。あなたの目は嘘をつくことができない目。無関心を装い、感情を隠す術を学んでくださいね。わたくしたち日本人にとって大事なことは心の奥にあるもので、外から見えるものではないのです」


真理子は監視の目をうまく逃れ、少なくとも週に一度、両親が忙しいときにはそれよりも多くRと会うことができた。真理子は想像を絶するエネルギーを示して、彼女の見張り番でもある運転手の目をも欺いた。

女友達もアリバイに使えなかった。友達に秘密を打ち明けるなどということは考えられなかった。


たいていは真理子が待ち合わせ場所を決めた。中心からはずれた界隈の、客で混み合った店が選ばれた。彼が外国人であっても、誰も気に留めないような店だ。彼女が和服を着ている月曜日は避けられた。着物は目立ちすぎる。ふたりが会う夜、彼女は目立たないように洋服を着ていた。それでも彼女の持って生まれた品格は隠せなかった。しかも平均的日本人より頭ひとつ分、背が高かった。

毎回、Rは車で真理子を送った。静かな通りに車を停め、乗り込む前にRは真理子を抱きしめ、真理子は彼に身を寄せた。両手で真理子の顔を支え、彼女にキスしたかったが、経験したことのない恥じらいから、そうできなかった。心は穏やかだった。真理子が息をつき身震いするのを感じ、心臓の鼓動を聞き、こめかみの脈拍を感じた。誰かの足音や車のライトの邪魔が入るまでふたりは抱き合ったままでいた。ようやくRは車のドアを開け、真理子が乗り込むと彼女の家へ送り届けた。

運転しているとき、真理子は黙ってRを見ていた。赤信号で、真理子のほうを向くと、真理子はRを見つめていたことを知られないように、恥ずかしそうに顔をそむけた。三十分前にはしっかり抱き合っていたのに、今は極度な恥じらいを見せている。Rは当惑すると同時に魅了され、この沈黙をあえて破ろうとはしなかった。奇妙なことに、この怯えを帯びた親密さは心地よかった。それは、臆病なのに好奇心を抑えられない小動物を手なずけるのにも似ていた。ふたりにとっての小動物とは、互いの心とからだを繋ぐ防ぎようのない感情だった。

そしてこの肉体を離れた愛、緩やかで穏やかな愛をRは気に入っていた。真理子への欲望を感じていないわけではなかったが。

しかし待つことを学んだのだ。そしてこのとき、待ちきれない気持ちを紛らわせるために、ずっと前から夢見ていた茶室を庭に建てようと決めたのだった。

15

一九八五年十二月二十九日 日曜日

午後五時きっかりに、田中はRの家にやってきた。

田中は、大工の宮野がそうだったように時間に正確だった。いつも日曜日の五時に来た。前もって連絡があることはない。長らくの習慣で、Rは玄関に訪れを知らせる音が響くと、田中だとわかった。

「あのね」

ある日、田中はRに説明したことがあった。「日曜日の夕方っていうのは人々がいちばん弱い、隙があるときなんだよ。銭湯に行こうとしていたり、夕食の準備をしていたり。だから招かざる客を急いで追っ払いたい。じっくり考える時間もなく、守備が甘くなる……」

田中は警視庁殺人課の刑事だった。あだ名はスッポン、亀のように緻密でゆっくりしているからではない、日本においては、スッポンは雷が落ちたときでも決して獲物を離さないからだ。


まさに近くの銭湯に行こうとしていたときだった。田中は靴を脱いで上がりこもうとして、玄関先に置かれていたブリキの洗面器に足を取られ、なかに入っていた石けんやシャンプー、歯ブラシ、歯磨き粉、タオルやらをぶちまけた。謝るでもなく、それらを元に戻すでもなく、田中は、玄関につかまって体勢を整え、静かに言った。

「すぐ出かけるかい？　入ってもよろしいかな？」

返事を待つまでもなく、田中は満州から持ち帰った色あせたフード付きの外套を脱いだ。Rはそれをコート掛けに掛けた。それから彼を居間に案内し、灯りをつけた。暗い天井にぼんやりと光がひろがった。田中は座布団に座り、炬燵に足を入れた。Rは電気炬燵のスイッチを入れた。

「お宅はいつも寒いですな」

田中はぶつぶつ言いながら、別珍の上着のポケットからピースを一箱取り出した。

Rは肩をすくめ、田中の座る炬燵板にアルミ製の灰皿を置いた。Rは田中の前に立っていた。

「寒さにはもう慣れました。暖房がききすぎている部屋のほうが、空気が乾燥していて耐えられません。日本家屋はその点よくできています。夏に湿度を蓄えて、冬に放出する」

「古き良き日本、か。薄暗くて、寒くて……。われわれ日本人の快適さの感覚ってのは独特なものですかな」

田中は、鼈甲縁の眼鏡の奥の目をしばたきながら煙草に火をつけ、ゆっくり煙をひと吹きした。Rに煙がかからぬよう口の端から。

「田中さん、禁煙したほうがいいんじゃないですか。早死にしますよ」

「女房は肺がんで死んじまったよ。煙草は吸わなかったのに」

「もしかして、あなたの吸った煙が原因だったのでは？」

「いやいや。女房は煙草が嫌いでね。縁側で吸うようにうるさく言われていたんだから。雨の日も風の日も」

「ちょっとお待ちください。温かい飲み物を用意します」

台所に向かいながらRは言った。

「そっちのお茶室でお茶を点てるところを見てみたいなあと思っていたんだ。一度もなかに入れてもらったことないから。あんたとはよく茶道のことを話しているのにね……」

田中は、よく聞こえるように声を大きくして言った。

Rは、この元刑事の口調にからかいが混じっているような気がした。湯が沸くのを待っているあいだは何も答えないでいた。

「また別の機会にしましょう。田中さん」

Rは居間に戻りながら言った。「いらっしゃる少し前に連絡してください」

素焼きの茶碗に入ったお茶を差し出しながら言った。

「これはいいものだ。備前の胡麻だね」

田中は、両手で茶碗を回して手を温めながら言った。

「よくご存じで」

「どんな無知な日本人も備前焼くらいわかるよ」

「でも、桟切《さんぎ》りや緋襷《ひだすき》や胡麻までは……」

「あたしは岡山の出だからね。生まれた村ではたいていの家が焼きものづくりにかかわっている。誰かが何かをはじめると、みんなそれを猿真似しつづける……われわれ日本人は想像力ってやつが欠如しているのかなあ」


Rは田中のいつもの話の流れを先取りした。Rの知るかぎり、田中は日本人にしてはめずらしく自分の国の批判をする。そそのかせば自嘲的に語りはじめるのだ。

「そのうえ、あなたがた日本人は、自分たちでできないことは他所《よそ》まで探し求めにいきますよね」

「ああ、そのとおり！　ご存じかもしれないが、十六世紀には朝鮮国王の宮殿での品評会を利用して、名高い陶工たちを日本に連れてきたんだよ。朝鮮の陶工たちは国に帰さなかった。今の陶芸家の多くがその末裔なんだ」

「岡山でも？」

「そこまではあたしも詳しくはわからん。むしろ九州のほうが朝鮮の影響は大きいんじゃないかな。佐賀県の有田とか唐津とか」

「僕も唐津の茶碗はひとつ、ふたつ持っていますよ。一楽《いちらく》・二萩《にはぎ》・三唐津《さんからつ》（茶道で人気の茶碗の様式）という言葉もありますよね」

「Rさん、あんたは日本文化について、ほんとうによく知ってていつもびっくりだ」

「僕の知識など大したことありません。茶道の腕前と同じで」

「この謙虚さがまた素晴らしい！」


田中は熱い茶をひと口すすった。Rはふぅふぅと息をかけて冷ましていて、なぜ日本人はこんなに熱いものが飲めるのだと、日本に来て長い歳月が過ぎた今もなお驚くのだった。

ふたりとも何も話さなかった。田中は宙を見つめたまま、繰り返し煙草をふかしてはお茶をすすった。精工舎の柱時計の秒針がカチカチと鳴っていた。

ついに田中が沈黙を破った。

「きのう、おたくに訪問者があったと思うがね」

「そのことでいらしたのですか？　相変わらず何でもご存じで！」

「東京は狭い街だからね。日本は小さな島が数珠つなぎになったようなもので、われわれ日本人はカササギみたいにおしゃべりだ」

「今でも雇っている情報提供者がいるんですね？　定年になってからずいぶんたっているのに……どのくらいたちましたっけ？」

「五年だ。正確には五年と九カ月。関係はね、続いてるよ」

田中は黙り込んだ。乱れた髪には背後の照明で光輪ができていた。厚いレンズの丸眼鏡のせいでオタマジャクシのような眼差しになっていたが、あの有名な舌を出したアインシュタインの写真に似ているとRは思った。

「意地を張らないほうがいい。悪い結果になる」

田中は付け加えた。「もちろん、ある意味であんたの頑固さは微笑ましい……虫で言えば、あんたはムカデかトンボだ！」（ムカデとトンボは不退転であることから勝ち虫として武士に好まれた）

「ご配慮ありがとうございます」

「配慮ではなく後悔かな。あんたを失いたくないから」

「あなたの友情が身に染みます」

「友情というより、あんたと知り合うきっかけになったこの事件があたしを突き動かしているんだよ」

「関連がよくわかりませんが」

「つまりね、悔しいってことさ。あたしの刑事人生でこの件だけが唯一、解決できなかった。社会的にも容認しがたい恥だし、個人的にも耐えられない失敗だ……」

田中は煙草を灰皿でもみ消し、立て続けにもう一本に火をつけた。今度は煙をRの顔に向けて吹きかけた。

「悔しいんだ。もうちょっとのところで謎を解決できそうだった。今も鍵はあんたが握っているとあたしは思ってるよ。だからあんたを見失いたくない。すべてが何もなかったかのようになる前に」

「定年後でも?」

「まさしく定年後だからこそ、時間はたっぷりある」

「あまり協力できなくて申し訳ないと思っています。しかし僕では解明のお役には立てませんよ。なぜあなたがすべてを見直しているのか理解できません。僕が光永さんをほとんど知らないことはご存じなはずなのに」

「光永さんとは週に一度、一年以上にわたって接触していた……」

「そんなことおっしゃいますが……いつ彼女が斎藤先生の稽古に来るようになったかも正

確には覚えていません。あの教室は人の出入りが激しかったですから」

「一九六八年八月十二日、この日初めて彼女は斎藤先生の稽古に出席した。あんた自身は一九六五年の四月から稽古をはじめている。正確に言えば、一九六五年の四月十二日。偶然の一致かね。Rさん、あんたは運命の神様が合図をくれるのを信じるかい？」

「単なる偶然ですよ。偶然が運命を決めるなんてことはない」

「あたしはね、いつも偶然の神様が目配せしていると考えとるんだ……このふたつの出来事には、あんたが見ているのとは別の共通点がある、そう知らせてくれているように思えるんだ」

「十二日の月曜日に稽古を始めた生徒は、ほかにもたくさんいると思いますよ」

「いや、そんなことはない！　一九六五年には、十二日の月曜はほかに一回しかなかった。七月だ。一九六八年にもほかには二月に一回だけ。そして一九六六年には二回、六七年には一回」

「そんなどうでもいいことを調べたんですか？」

「こじつけじゃないかと思うだろう。でも行き詰まったときは、なんとか出口を探そうとするもんなんだよ。それが運命の女神からの合図だっていいじゃないか。馬鹿げてるかい？　堂々めぐりに気が狂いそうになれば、何にでもしがみつきたくなるもんだよ。あたしだって馬鹿馬鹿しいと思うが、十二という数字が、あんたにもっと近づくようにとわれわれを促しているように思えてならん」

「そのせいで、もっと明白なコースから逸れているのではないですか？　僕は光永さんとは一、二年のあいだの月曜日に何度か、稽古のときにすれちがっただけですよ……」

「二年より少ない。正確には一年五カ月。六八年八月十二日月曜から六九年十二月二十二日月曜まで。彼女は一九六九年十二月三十一日に姿を消した。午後、家を出て、そのこと自体ふつうありえない。良家のお嬢さんが大晦日に家から出る理由なんぞまずない。それから彼女は誰にも会っていない」

田中はゆっくり煙草の煙を吐きだした。

「つまり、祭日の月曜を除くと、彼女はおよそ一年半、すべての稽古に出席した。あんたもだ。あんたはこの時期、斎藤先生の稽古に七十一回出席した。つまりあんたは光永さんと七十一回、接触している。公式に。そしてお茶の稽古は長い。少なくとも四時間……」

「数字にお強いのですね！」

「さっきも言ったが、この件はあたしの刑事人生の大きな傷なんだよ。すべてがこのなかに入っている」

田中は薄くなった頭のてっぺんを叩きながら付け加えた。

田中は吸い殻を灰皿でもみ消した。もう一本出そうとしたが、煙草の箱は空だった。箱をくしゃくしゃにして丸めて炬燵に置いた。それからひとりで語りはじめた。

「あんたは光永さんとすれちがっただけだと言うけれど、七十一回だよ！　まあ、いいだろう。遠回しに言ってもしかたがない。あんたは彼女に関心があったんだろ！　こう言っている人たちもいる。斎藤先生の稽古に彼女が来ると、あんたは極度に緊張して、ずっと彼女を目で追っていた、と」

「それは彼女が美人だったからですよ。気高さに感銘を受けていました。素晴らしい着物を着て、髪型も完璧だった。この上なく優美にお点前をしていました」

「あんたのその視線に、その場にいた人たちは困っていたそうだ」

「僕は、良家の子女に囲まれた唯一の男性でした。おまけに外国人。たしかに僕は、彼女たちには破廉恥に見えたかもしれません。あなたがた日本男性は女性をあまり見ませんからね……だから僕の態度がその場にふさわしくないと思われたのも理解できます」

「はいはい。このことは尋問のときに何度も聞いているよ」

田中はRの目をしっかり見つめた。

「ここだけの話、あんたは彼女に惚れていたんだろ？」

Rは一瞬考えた。日本人の感情の表し方は、Rにとって常に謎めいていた。

どういう答えを田中は予測しているのだろうか？　感情の目盛りのどの段階か？　男女関係では、言外の意味が重要だ。二年間、一度も「愛している」と言わずに性的関係を結ぶことだって可能だ。そして手をパンと打って、特別な理由もなく、顔に悲しみの表情を浮かべることなく別れることもある。Rもかつて、蝶のようにあちこち飛び回っていたときにはこうした苦い経験もした。

ほのめかしは、事実の否認、感情の否定に役立つだろうか？　自分の身を守る方法となるだろうか？

Rは、日本人が身を守るときにそうするように、曖昧な答えを選んだ。

「惚れていたかって？　たぶん。モナリザの微笑みに惚れたり、アンコールワットの天女アプサラの顔の穏やかさに惚れたりするみたいにはね」

「これまたおかしなたとえだね！」

「でも、これが光永さんの印象です。彼女は完璧で、この世のものとは思えなかった。手の届く存在ではありませんでした。もちろん家柄の違いもあります。僕はしがない外国人ですし。こういうことはもう何度もお話ししましたよね！」

「ああ、いろんなことを何度も……」

「だったらほかにお話しすることはありませんから」

「まあまあ……。でもね、この件で不可解なのは、あんたの孤独なんだよ。これまでなぜ、あんたの孤独について考えなかったのか……」

「僕の孤独?」

「これまで一度も考えたことはなかったが、昨日の晩、風呂につかっているときにふと……」

「おっしゃりたいことがよくわかりませんが」

「つまりね、あんたの人生から女性の影が急に消えたんだ。光永さんが登場して以来。それまでは、あんたはどちらかといえば……お盛んなほうだったよね?」

「そんなことまで詳しく調べられるんですね?」

「気を悪くしなさんな。過去を調べると実にたくさんのことが出てくるんだ。その人の人生についてずいぶんいろんなことがわかったんだよ」

「要するに、あなたがたの仕事はスパイなんですね。憲兵隊が戦時中にしていたように……」

田中は、Rの軽蔑的な調子を無視して言った。

「まあ説明させろよ。あんたは、多くの若い女の子と交際していた。それも熱心に。あたしの言いたいことはおわかりだろ。それも大使館に来た直後から。控えめでも、分別があるわけでもなかった」

田中は湯のみ茶碗をRに向けた。

「この結構なお茶のおかわりをくれるかい」

Rが注ぐと、田中はうまそうにゆっくりと口をつけた。Rはこの田中のやり方には慣れていた。こうして会話の主導権を握るのだ。

「要するに、あんたは慎重とはいえないようなところもあった。たとえば、一九六四年の七月のある晩、来日から一年たったころだ。パトロール中の警官が、外交官ナンバーの車が渋谷のガード下に停まっていることに驚いて懐中電灯で車内を照らしてみた。警官が見たのは、若い日本女性がスカートをたくし上げ、金髪の巻き毛のガイジンさんに跨がっているところだった。警官の報告書にこのとおり書かれているんだよ。これが外交官用の車じゃなかったら、公然わいせつ罪で取り調べたかもしれないが、そのまま見逃した。署に戻って、報告書を書くにとどめた。でもプレートナンバーも書き留めたし、女性のブラウスの色まで。あたしらは細部にこだわるもんでね」

「繰り返しで申し訳ありませんが、このことと光永さんの件とどんな関係が？」

田中はこの質問を聞いていないようだった。

「たしかに若い日本女性はとてももてなしがいい……。われわれ日本人は性的に自由なんだ。あんたがた西洋人よりもね。つまり、われわれはハンドルとシフトギアーのあいだの居心地の悪いセックスにも文句を言わんということだ」

田中は炬燵から片足を出した。

「熱すぎるな。汗びっしょりだ」

田中は畳の上で足を伸ばし、炬燵に肘をついてバランスを保った。

「でも安心してくれ。あんたの過去に、トヨペットでのこの素敵な間奏曲以上にきわどい出来事は見つけていないから。たとえば、あんたがプリーツスカートの女子高生に興味を持っていたとかいうような。日本の外務省のあんたの知り合いは、報告書にこう残している。彼はあんたを誘ったが、断られた、と。きっと、これが自分を強請《ゆす》るための策略だと感じ取ったからじゃないかい？」

「田中さん、僕のことをこんなに知っているとは。知り合ってから今まで一度もおっしゃいませんでしたね」

田中は肩をすくめた。

「これも仕事のうちだ。なんら変わったことはない。先ほども言ったように、光永さんの周囲には疑わしい人物はいなかった。あんた自身にも、ほかの証人にも」

「じゃあ、今になってなぜ話すんです？」

「繰り返しになるが、昨日の夜になってはじめて気づいたことがあるんだ。あんたは急変して日本の女たちと一切付き合わなくなった。貞節を守るようになったのは、あんたが斎藤先生のところで彼女と出会った時期とほぼ重なっている。そしてあたしの知るかぎり、その後あんたは独り身だ。完全に断固として独り身。もう十七年以上も！　ディスコに出かけて若い女の子を引っ掛けることもなければソープランドに行くこともない……驚くべきことじゃないか」

田中は湯のみに残っていたお茶を飲み干した。

「まだ僕の過去を充分に掘り起こしていないんじゃないですか？　たしかに年齢とともに僕も落ち着いてきましたが……」

「そんなことを言わんでくれよ。警察が突然、情報収集できなくなるほど無能になるはずはない」

「僕だって、まさか日本の警察が無能になったとは思っていませんよ。いつも日本社会を狭い編み目のように監視していますものね」

「皮肉はやめてくれよ。真面目な話なんだから」

「田中さんのしつこさには参ります。何年たっても僕の動静を探りつづけている……」

「光永さんは一般人じゃないからな。あんたもよくご存じのとおり。彼女の失踪で日本中大騒ぎになった。とんでもない推測が飛び交った。北朝鮮の工作員による拉致まで疑われた。拉致が始まるのは実際にはもっと後なんだがね」

Rはこの会話に疲れはじめていた。あまりに多くのことが思い出されたのだ。

Rが茶道に取り組んだのは、未登頂の山に挑戦するのと同じようなものだった。なぜそんなに熱心なのかと問われると、登山家ジョージ・マロリーの有名な言葉をまねて答えた。そこに茶道があるから。

稽古をはじめたばかりのころからこの難解な茶道を極めたいという思いに駆られた。自分の存在理由《レゾンデートル》を見つけたのだ。

しかし斎藤先生の茶室における月曜日の稽古には、真理子が登場してから新たな次元が加わった。自我の獲得だけでなく、不可能なものの獲得が加わった。真理子が先祖代々引き継いできた茶道の奥義をRも修得できたことを示したかったのだ。ある意味でRは、名高い彼女の家系のサムライたちにひとりで立ち向かう奇妙な挑戦をしているのだった。

真理子を守るためには勝利しなければならない。


今、Rの願いはただひとつ。田中から解放されて銭湯に行き、熱すぎる湯船に浸かり、壁に描かれた素朴な富士山を眺めること。仕切りの向こう側からくる女性たちのざわざわしたおしゃべりや、お湯を浴びるときの鈍い音、タイルの床に木製の桶が当たるときのこもった音を聞きながら。

「お役に立てなくて」

会話を終わりにしようとしてRは田中に言った。「もう一度言っておきますが、光永さんと僕の関係は表面的な、うわべだけのものでした」

「わかってるよ。でもね、どうしてもこの事件の解決にあんたが役に立ってくれる気がするんだよね。あたしの直感ははずれたことがなかった、この件にぶつかるまではね。今回ばかりは、犬も嗅覚をなくしたと思わざるを得ないな。それとも、あんたの異国の匂いのせいであたしも惑わされてしまったのか」

苦笑しながら田中は付け加えた。

「ええ、バタ臭い野蛮人ですから！」

「まあそんなものかね……」

田中は立ち上がった。

「さてと！　もう外は暗いし、長居しすぎたね。Rさん」

田中はいきなり礼儀正しく言った。「どうもお邪魔しました。あたしの思いつきをあんたに話さずには年を越すことができない気がしたもので」

「田中さん、何の意味もありませんよ。それはおわかりでしょう？」

「いや、逆に、あんたの心の底に答えはあるんじゃないかと思うんだよ。Rさん。あんたの心の奥には何かが埋もれている」

Rの胸を指でさしながら田中は執拗に言った。「お茶、ごちそうさん」

玄関で田中は靴を履きながら、こう言った。「きのうここらに来たあんたのお知り合いから聞いたんだがね、彼らは事が穏便に解決することを願っている。でもあんたは妥協しないそうだね。なぜあんたはむきになって交渉を拒むのかな。それほど茶室に思い入れがあるのかい?」

Rは答えずに肩をすくめた。

「謎がもうひとつか……あんたがた外国人ってのは理解できないなあ」

田中は玄関の扉を開け、振り返ることなく出て行った。答えのない問いを重く背負った田中の姿が、冷えた空気のなか、白い息を吐きながら薄暗い路地に消えていくのをRは眺めていた。

16
一九六九年二月

Rが真理子と会うようになって、四カ月が過ぎた。

週に一度、寸暇を惜しんではわずかな時間を過ごす。果たしてそれは交際と呼べるようなものだったろうか。恍惚と不安の思いで電話を待ちわび、ひそひそ声で話した。食事を共にできることなど滅多になく、あっても思うようにはゆっくりできず、時がたつにつれ真理子は神経質に時計を見た。彼女を家まで送る前に東京のどこかの通りで、立ったまま抱擁を交わした。

肉体の接触は非常に限られていた。真理子への敬愛が行為を押し留めていたからだ。彼女の手をとり指をからめたり、謎めいた口元に唇を重ねたりすることを夢見ていた。しかし同時に、それによって彼女の高貴な慎みが崩れてしまうことが怖かった。熱愛にまかせた肉体の表象で、ふたりの関係の不思議な魅力が霧散してしまうのを恐れた。実際、Rを魅了していたのは、この恋愛が肉体を超越していることであった。それまでにRが付き合ってきた女たちと比べ、真理子はずっと真正《ほんもの》で、深く、真摯であると感じられた。女たちは恥じらいもなく無邪気に身を差し出してきたものだ。生理的欲求を満たすことと、恋情の呼び起こす熱い想いを満たす行為との本質的な違いをRは理解しはじめていた。

真理子はおそらく、行く末が壁にぶつかることを理解しつつも、無意識にRへと引き寄せられる力に抗いきれずにいた。

二月のその夜、ふたりは月島の工場街に赴いた。真理子は、知り合いに見つかる面倒を避けるため、住まいと離れた界隈を選んでいたようだった。ひとりでは行ったことのない魅力あふれる街並みを発見し、Rも大喜びだった。彼が驚いたのは、真理子が少しの傲慢さや軽んじる気配も見せず、どんな風景にも自然にとけ込むことだった。

真理子が選んだのは、狭い路地にある小さなもんじゃ焼きの店だった。

向かいに座った真理子が、熱い鉄板の上でヘラをつかい。野菜やイカの足の輪切りや、小さく角切りにした餅、みじんにした長ネギを、卵と小麦粉の生地と混ぜている姿をRは見つめていた。結んだ髪はセーターの上でくるりとカールを描き、集中のため、かすかに湿った下唇を噛んでいる。鉄板の熱のせいで頬は赤くなっていた。

いつも以上に美しいとRは思った。

ヘラで鉄板をカチンと鳴らして、

「さあ、できあがり！」

からだをまっすぐ起こして真理子は言った。「お取りしましょうか？」

そのときになって彼女は、Rが自分をじっと見つめていたことに気づいた。

「どうなさったの？」

Rは一瞬遅れて答えた。

「あなたがあまりにきれいだから。見ていて飽きないのです」

真理子は真っ赤になり、目を伏せた。

「そんなことおっしゃらないで！」

「じゃあ、美しさに心を奪われたとき、その女性に何と言えばいいんです？」

「存じませんわ。何も言わないのではないかしら。そのようなことは必要ありませんし、困ります」

「愛している、と女性に言うことも必要ないのですか？」

Rは自分の大胆さに驚いた。彼は愛という日本語でもっとも洗練されていて、深く感情に結びついた言葉を使ったのだった。愛という表意文字には「心」という字が含まれている。一方、一般的な好意を示す好きという表意文字は「女」と「子」のふたつの文字が組み合わされていて、食べ物や飲み物の好みを言うときにも使うことができる。

Rがまるで非常識なことを口走ったかのように、真理子は左右を見回して近くの席の客にふたりの会話を聞かれなかったかと確かめた。

「Rさん、その言葉は口にするものではありません！」

「この言葉が存在するのになぜ？」

真理子は眉をひそめ、肩をすくめた。

「存在はしていても、会話では使われない言葉はたくさんあります！　そうした言葉のひとつなのだと思うのです」

「でも、愛するというのはごく自然なことなのに……」

「もちろん。けれどもそのときは好きを使うでしょう。そのほうが自然ですもの」

「それじゃあ、男性は、ウィスキーを好きだということと同じ言葉で、好きですと女性に言わなければならないのですね？　ウィスキーには愛は使わないでしょう？」

「愛という言葉は気恥ずかしくて、頭で考えることはあっても口にすることはありませんわ。愛は重い感情を表していて、ときに不吉を示したり、調和を乱すこともありますから。そもそも誰かに愛しています、と言う必要などないのです。感じるだけで充分なのですわ」

「口に出さないのだとしたら、相手が、自分が感じるのと同じように感じていることをどうやってわかるのですか？」

「自明のことを言葉で説明して何になるのかしら」

「自明のこと？」

「ええ、そうよ」

「僕たちも？」

「どうしてわたくしがあなたの前に座っていると思っていらっしゃるの？　油くさいこのお店に」

真理子は少しいらだって鉄板にヘラをあてた。

「さあ、冷めないうちにお召し上がりになって。このような話は困りますわ」

話は終わった。日本人の心はRが想像していたより複雑だった。

＊＊＊

Rの車は店から数百メートルの場所、倉庫が寂しく並ぶ吹きさらしの広い道の反対側に停めてあった。周囲には誰もおらず、ふたりは黙って歩いた。軽く触れ合うだけなのはいつもどおりのことだった。大通りを渡るために信号で立ち止まったとき、前に立つ真理子が、歯を細かに鳴らし、ショールをかけた肩を震わせていることにRは気づいた。

「真理子さん、どうなさったのですか？」

「お酒を少し飲むと、いつもこうなりますの。ごめんなさいね」

彼女を守りたい。Rのなかで優しい気持ちが波のように高まり、コートの前を広げて真理子を包み込んだ。以前に清澄庭園で同じようにしたときと違い、今度は彼女の背中にしっかりと身を寄せた。そしてコートを閉じ、ボタンを留めた。遠目には、ふたりはひとつの大きな彫像のように見えただろう。Rは真理子のポニーテールを両手で撫で、立ち上るほのかな香りにうっとりとした。真理子は微笑んだ。

「これでからだが温まるかしら」

Rは真理子を強く抱きしめた。顎を真理子の肩にのせ、頬を真理子の頬につけた。真理子は喉を伸ばし頭を後ろに反らした。Rは顔をもたげ、唇でかすかに彼女の首筋に触れた。頸動脈が脈打つのを感じた。唇を彼女の喉に沿って這わせても真理子は拒まなかった。真理子の肌はやわらかく熱かった。真理子は何か言ったがRには理解できなかった。Rの口は、真理子の顎の丸みを超えてさまよった。それから真理子の固く閉じた唇の上に口を重ね、かすかなキスで彼女の唇の蜜を蜂のように集めていた。

通過する大型トラックのクラクションがアスファルトを振動させ、ふたりは現実に戻った。抱擁からゆっくりと離れ、さなぎが繭から出るように真理子はRのコートからすべり出た。彼女はもう震えていなかった。Rは呆然としていた。真理子の髪の香り、すべすべした肌、温かい血、顔の凹凸《レリーフ》、Rはこれらをもう反復し、ずっと記憶に留めていられるようにした。

帰り道、ふたりはひと言も発しなかった。真理子はまっすぐ前を向き、眼差しは自らの内側へと向かっていた。彼女も、このときを記憶に留めようとしていたのだろう。

家の近くの通りで真理子を降ろしたとき、車のドアを閉める前に、真理子は謎めいたことをRに言った。

「お願い、わたくしを遠くへ連れてゆかないで！　迷子になってしまいそう」

17 一九八六年一月五日から六日の夜

その晩、Rの心はとりとめなく揺れた。

目の前に心を集中させることができなかった。自慢の茶筅を斎藤先生から軽蔑され、屈辱を良識でひとときは押し隠したものの、Rは所作の手を僅《わず》かに止めてしまった。それは、経験の浅い者には感知できないとはいえ、優雅さを乱すものだった。

たいしたことではない。真理子の登場によって、築き上げてきたものはすでに崩れてしまったのだから。

しかし、Rは自分自身との約束をおろそかにしたくはなかった。人生の分岐点で自分に課した約束を反故《ほご》にするとは、すべてを失うということだ。自尊心も、今まで自惚れと知りながら追い求めてきたことも、そして真理子も。真理子との思い出を裏切ることは、どんな約束を破るよりも重い、最悪の過ちとなるだろう。

Rは茶碗の内側の、生地に鳥肌を立たせたような一筋の抹茶の跡に一瞬目をやる。湯を一杓入れ、右手の四本の指を揃えて茶碗の丸みに添え、親指の先を縁にかけて持ち上げる。それを左手で受け、軽く親指を縁にかけ、四本の指を添えて、左側のやや奥に置かれた建水の真上まで持ってゆくと、頭は動かさず、視線だけを動かし、手首を返して建水に水を捨てる。

右手は、いつもゆったりと優雅に動作し、左手は不浄な任務を果たす。汚れた水を捨てることもそのひとつだ。

左手で茶碗を持ったまま、釜の蓋の上に置かれた茶巾を右手で取る。洗うでも拭くでもなく、ただ入れるだけだ。

ここまでの流れは、Rは比較的早く理解したが、茶巾の順序《シークエンス》を、いつも恐れていた。三年間のつらい修業を経て、ほぼ正しくできるようになったものの、二十年たっても動きは硬く、ぎくしゃくとして品位に欠けていた。初心者の目はごまかせても、わかる人にはわかってしまう。

斎藤先生や上級の弟子たちが点前をするのを何時間見ようと、何の役にも立たない。難解な動きを頭のなかで分析してみても無駄だった。ついに理解したと思っても、再現することはできなかった。知り合いの映画監督に頼み、高性能のカメラを用い、通常一秒二十四コマのところを七十二コマのスピードの、オーバークランクという早回しの手法で、撮影したことさえある。現像されたフィルムを、映写機を借りてスローモーションで映してみたものだ。

Rは茶巾で茶碗を清める手順を思い浮かべる。

茶巾を左手で持った茶碗の縁にかけ、半分は茶碗のなかに残し、茶碗を左手に固定して、茶巾を持った手は時計回りにすべらせ、両手が合流するように動かす。さらに右手は茶碗を半周し、左手に追いつく。

この動きを三回繰り返す。滑らかな動きで、茶碗の内側を強く摑まないよう気をつけながら、右手の親指の腹で回転をリードする。

そのあとの動きがRにとって最も難しく繊細だ。茶碗の底を拭くために茶巾を置く動作だ。

茶巾はただの布巾《ふきん》ではない。茶巾は遣い手に敬意と謙譲を要求する。ほかの茶道具がすべてそうであるのと同じく、集中し、厳粛に取り扱わねばならない。茶道とは、隠遁の芸術。孤独を受け入れる芸術であり、精神と肉体を制御して自分と対面する行いなのだ。

道具の扱い方にははっきりした目的がある。その目的が難解で微妙なものであっても。ひとつひとつの所作に関して、〝こうではなく、こうすべき〟という道理を一度理解すれば、すべては明快になる。

茶巾の場合、茶碗の内側を拭くとき、茶碗の外側に触れた部分を使わないという配慮をわかった上でならば、一見無駄に見える回転の所作には理由があり、その実行も飛躍的に容易になる。


しかし誰もこういうことを説明してくれない。当然すぎることなのだ。化学反応を一瞬ごとに分析するのと同じように、茶道を分析することはない。茶道は、教える者と教えられる者との間に徐々に生まれる共生関係のなかで、ゆっくり身に付くものなのである。

知の伝達は、ただ本を読むだけや講義をもってはなされない。西洋式に知識を飼い慣らそうとすれば、悟りに達する能力を硬直化させてしまう。

許状のために、にわか勉強をした数年は無駄だったとRは思うに至った。急速に進歩しはじめたのは、体系的な方法や理論を捨て、直感や観察に頼るようにしてからだった。

茶巾が正しい向きに置かれると、手首を返して茶碗の底を「い」の字を書くようにそっと拭き、最後に「り」と書くようにして終える。優雅な筆捌きのように。それから茶碗を畳の上に置く。茶碗から茶巾を取り出し、釜蓋の上に戻す。

真理子のために茶を点てたとき、緊張のあまり、茶巾のシークェンスを完全に失敗した。Rが目を上げると、真理子は、頭を少し傾け、寛容な微笑みを唇に浮かべ、少しもいらだちを見せてはいなかった。その眼差しには、励ましと好意しかなかった。

しかし運命がふたりの感情をもてあそぶ。運命が強《し》いれば何事もその決定を阻むことはできない。

Rは長い間、自問した。運命とは、制御できない実体、知らぬ間にとぐろを巻いて窒息させようとする蛇のようなものなのだろうか？　運命から逃れ、人生の流れを変える方法はないのか？　これまではいつもうまくやってきたではないか？　偶然や運、あるいは摂理のように聞こえのいい言葉で置き換えられようと、それは宿命であり、必然であり、巡り合わせであり、抵抗することはできないのだ。

Rは怠惰な結論に到達した――何事も運命には逆らえない。したがって戦っても何の役にも立たない。

そう考えると、人間が夢中になって幸福を追い求めることがまったく滑稽に思えた。幸福は地平線と同じように捉えどころがない。

その晩、プルーストのいつもの一節をつぶやいた。この言葉がかつてないほどぴったりに感じられた。

18 一九六九年三月

三月のその月曜日、デートの予定はなかった。

運転手は清澄庭園の正面口で真理子を待っていた。真理子は、送ってきた運転手を帰すための口実を見つけられなかったのだ。翌週まで真理子に会えないという悲しみに沈みつつ、Rが茶室の玄関で靴を履こうとしたとき、片方の靴の奥に四つに畳んだ紙片を見つけた。店の住所が書いてあり、真理子はその晩、ここで待っているとのことだった。

夜が更けて、両親が離れの寝室に休みにゆき、使用人たちが庭の奥の小さな家に戻るのを待って、真理子は勝手口からこっそり出てタクシーに飛び乗った。次第に危険を冒すようになった真理子の、言葉よりも行動で示される恋心をRは感じはじめていた。

ふたりが会ったのは、東郷神社の潜水艦殉国碑の裏にある、深夜まで開いている焼き鳥屋だった。

真理子は和服から目立たない洋服に着替えていた。黒いプリーツスカートと白い木綿のブラウスにたばこ色のセーター。シニョンはそのままにしていて、ほっそりとした首が際立っていた。控えめな化粧だが、すべすべした頬や切れ長の目、優しい微笑みが強調されていた。どんな言葉も、Rの感動を充分に表すことはできなかっただろう。真理子のそばにいるとき、彼は穏やかな興奮と溶け合うような感情に包まれた。

真理子は、食べ終えた焼き鳥の串を小さな壺に入れ、お茶をひと口飲んだ。

「上野で桜が開花したのはご存じ?」

彼女は言った。「Rさんと一緒にお花見したいですわ！ 天気予報によれば週末は雨ですから、金曜日までに行かないと桜が散ってしまいます」

「僕は梅の花のほうが好きだな。二月の一番寒いときに咲いて、悪天候にも耐える。桜はあまりにはかなくて……」

「だからこそ桜は美しくてかけがえのないものなのですわ。たとえば目白の椿山荘裏の神田川沿いの道、夜は提灯の明かりが灯ってとても素敵。屋台が出ていて、甘いものやお酒や髪飾りも売っているの。行ってみましょうよ。木曜の夜はどうかしら? わたくし出かけるための口実を見つけますわ」

Rも桜のアーチの下を歩きたかった。真理子と腕を組み、ほかのあまたの日本人カップルと同じように。そしてこの機会に永遠の愛を約束するのだ。

「ああ、とっても残念ですが、水曜日に京都で大切な顧客と会わなければならないんだ。真理子さん、あなたと一緒にお花見したかった」

「京都？　お仕事で京都だなんて、もしお時間があったら哲学の道にはいらしてくださいね！　川沿いの道に素晴らしい桜並木があるのをご存じ？」

いつか見た哲学の道沿いの家にふたりでいた夢を思い出して、Rは真理子にそのことを話した。

「それなら、これも哲学の道に行く理由になりますわね」

「たしかに。時間があったら」

「あら、時間は自分で見つけて心を休ませなくては。わたくしのことも想ってくださいませね」

「わかりました。真理子さん。お約束します」

「ホームまでお見送りにうかがいたいわ。ご出発は何時？」

Rは手帳を確かめた。そこには仕事の予定も書かれていた。真理子は紙ナプキンに必要な情報を書き、バッグにしまった。

次の水曜日、真理子は東京駅の新幹線の入り口でRを待っていた。真理子は桜の枝が描かれた淡いピンクの着物姿で、肩と袖には花びらの刺繍がちりばめられていた。

ホームまで送りに来た真理子は売店でネット入りのみかんを買い、「車中の気分転換にどうぞ」とRに差し出した。

Rの乗る列車の到着まで、ふたりはベンチで待つことにした。出発のアナウンスやベルの音で、互いの会話は聞こえにくかった。

Rはいつもながら、この国の駅における騒音に驚かされた。日本人は本来、控えめな人たちなのに、駅での騒がしさは気にしないようだった。ふたりの前には、若者のグループが一組のカップルを中心にして輪になり、手を挙げて万歳と叫ぶ中、カップルは列車に乗った。男性は上着に白い花をつけていた。女性は手に花束を持っていた。椿の花が一輪シニョンに飾られている。

「新婚旅行ね」

Rは、声がよく聞こえるよう真理子の耳のほうに身を傾けた。彼女の髪の独特な香りを吸い込んだ。

「幸せそうだね」

「ほんとうの恋愛結婚なのですわ、きっと……。ふたりには幸せになってもらいたいわ」

真理子はつぶやき、急に悲しそうになった。

「なぜ、そんなことをおっしゃるのですか？」

「わたくしの祖母は、恋愛結婚は失敗するに決まっている、といつも言いますの。激しい恋心のせいで相手の欠点が見えない、本当の意味でうまくいくのは、アレンジされた結婚だけだと。どう対処すべきかすぐにわかるからと」

「アレンジされた結婚？」

「ええ、お見合い結婚のことですわ。それが格式の高い家の伝統なんです。身分の釣り合わない結婚は避けられます。日本は家系の国です。祖先が築いたものを守ってゆかなければならないのです。古い家になればなるほど、家系も複雑になる。わたくしたちは狭い社会で暮らしてきました。ある意味日本は本当に狭いんです」

「それで、お宅は？」

「わたくしの家は、どうしようもありませんわ。紙幣に、先祖のひとりの肖像が刷られるようになってからは、ますます面倒なことになりました」

「でも、真理子さん、あなた自身はどうお考えに？　あなたは今どきのお嬢さんでしょう？」

「わたくしの肩には、何世代もの家族の重みがのしかかっています。もちろん、わたくしの兄ほどではありませんが……」

Rの列車の到着を知らせるアナウンスをきっかけに、真理子は話を中断した。立ち上がって茶目っ気たっぷりにRの袖を引く真理子の顔からは、深刻そうなヴェールは消えていた。

「あなたの車両はもっと先だわ。急ぎましょ！」

真理子はRを先導した。ホームに引かれた線の前には、すでに三人の先客がきちんと並んで待っていた。ドアが開くとすぐに三人は乗り込んだ。

真理子とRは向かい合って立っていた。真理子は両手でハンドバッグを持ち、Rは小さなスーツケースを両足の間に置いていた。

「哲学の道の桜は必ずご覧になってくださいね」

「はい、約束します。で、真理子さんは上野にお花見にいらっしゃるんでしょう？　僕のいないあいだに」

「今週は予定は何も入れておりません。お散歩も、ほかの習い事も……」

「書道や生け花のお稽古も？」

「ぜんぶ休むことにいたしましたの。今週はそんな気分になれなくて。頭痛がひどいと言い訳して」

ふたりは、永遠の別れであるかのように見つめ合っていた。発車のベルが鳴り響いた。

真理子はRの腕にさっと触れた。

「さあ、行かないと」

Rはスーツケースを持ち、乗車した。

自動ドアが閉まりかかったとき、真理子は自分の意思ではないかのように、さっと飛び乗った。列車のドアが、真理子の帯の結び目をかすめて閉まった。真理子がRの胸に身を預けてきたとき、ちょうど新幹線は揺れながら発車した。

「ああ、びっくりした」

彼女を抱きしめながら、かろうじて出た言葉だった。

「わたくしもそう思うわ。あなたのせいで狂ってしまったの」

Rの肩に顔をうずめながら真理子は答えた。

19

一九六九年三月、京都

「両親は知らないはず」

歓喜の一瞬が過ぎ、Rが心配になって尋ねると真理子は答えた。都内の数時間の逃避行でもあれほど慎重にしていたのに、二十四時間以上の不在をどうやって正当化するのだろうか？

「両親は東京にはおりませんの。お手伝いには休みをあげました。彼女は今、病気のおばさんのお見舞いに田舎に帰っています。運転手はわたくしが呼んだときしか来ませんし」

真理子は付け加えた。

「ということは、列車に飛び乗ったのは、思いつきではなかったのですか？」

真理子は答えず、肘掛けに置かれたRの手を握り、窓のほうを向いた。

「見て！　富士山よ。わたくし、富士山大好き。Rさんは？」

「真理子さん、質問の答えは？」

彼女は優しく微笑み、Rのほうを向いた。

「何でも確認しようとすると、この素晴らしい風景を見逃してしまうわ。これって、すべてのフランス人の欠点なの？　それともあなただけが心配性なの？」

「どちらとも」

「どうして、ぜんぶを説明しようとするのかしら？　起こったことを静かに受け入れることはおできにならないの？」

「……おっしゃるとおりです」

　ふたりは窓から富士山の厳かな傾斜を黙って眺めた。頂上には雪が残っていた。真理子の顔が車窓に映り、心を揺さぶるような上品な表情が、灰と石でできた完全な円錐形をした富士山と並んでいた。この短い瞬間にこそ日本の調和があるとRは思った。

　今回の旅行に真理子が加わったことで、ふたりの関係は大胆に弾みがついた。流れに身を任せよう、Rの心は穏やかだった。明らかに真理子は事を急がせようと決めていた。

　真理子はようやくRのほうを向いた。

「どちらにお泊まりになるの？」

「鴨川の土手に面した小さな宿です。先斗町《ぽんとちょう》の先の。旅館でも夕食がついていないところがいいんですよ。でもとても古いんですよ。玄関には十九世紀に武士《サムライ》がつけた刀の跡が残っています。まあ、女将の話によれば、ですが」

「京都では、こうしたことで嘘はつきません。歴史ある街ですから。あなたのお部屋のそばにわたくしも部屋をとったらご迷惑かしら?」

真理子が同じ屋根の下で一夜を過ごそうとしていることがRは嬉しかった。これからの二日間の展開を思うだけで恍惚に近い状態になった。

にもかかわらずRはこう答えた。「あまり居心地がいいとは言えませんよ。照明は裸電球だし、縁側にあるソファは古びているし……」

「でも、お部屋は川に面しているのでしょう?」

「ええ、どの部屋も。なので文人たちも原稿が遅れるとここで缶詰になったそうですよ。夏目漱石も数カ月いたらしい」

「それはぴったりだわ。漱石が泊まったお部屋にわたくしも泊まれるかもしれませんわね! 受付で聞いてみなくちゃ! わたくしがこの旅館を選んだもっともらしい口実にもなりますし。わたくしの大好きな作家と同じ部屋に泊まりたかった、という……」

「駅から旅館までタクシーで行きましょう」

「それはよくないわ。いずれにしても、大丸デパートに寄ってとりあえずの着替えと旅行鞄を買っていきます。若い女性が旅館に二泊するのに手ぶらで行くわけには……。不審に思われるわ。ね、すべて計画どおりだったわけではないって、おわかりになられたでしょ!」

Rの手をからかうように軽く叩きながら真理子は言った。

「それじゃあ、河田屋でお待ちしています。了徳寺《りょうとく》の裏、路地の奥にあります」

「わかりました。でもわたくしたち、目立たないようにしなくてはなりませんね。あなたは外国人のお客さまだし、あなたの評判をけがしたくありませんもの。それに、今日の午後はお客さまに会う予定がおありでしょう?」

「それはキャンセルします。あなたと過ごす一分一秒が貴重だから、砂糖会社のオーナーのところに行ったりなどしてその時間を無駄にしたくない」

「まあ、不真面目なこと!」

「大丈夫です。やむを得ない急な事情があるとわかってもらえます」

「それじゃあ、伏見稲荷大社に散歩に行きませんか? まだ行ったことがないんです」

「僕もです」

「朱色の鳥居が続く中を、あなたと腕を組んで上っていきたいわ。夕暮れは少し怖いわね。お狐さまに魂を取られてしまうかもしれないでしょう。わたくしを守ってくださる?」

「ええ、お望みなら、一生ずっとお守りします」

Rはきっぱり言った。

悲しみのヴェールが真理子の顔を覆った。

「わたくしたちの人生の長さなんてわからないでしょう」

「それは自分たちで決められるんじゃないかな」

Rはささやいた。

「わたくしの人生が本当にわたくしのものなら、どんな人生にするか自分で選ぶことができるでしょうけれど……」

真理子はため息をついた。「この二日間は、自分の人生を生きることに決めました。わたくしの思いどおりにすることにしますわ。まず手始めに、よろしければ、三時に伏見稲荷で待ち合わせしましょう」

真理子は明るく、有無を言わせぬ調子で言った。

旅行中ずっと、真理子はRと手をつないでいた。行き交う人たちの何となく咎めるような視線も気に留めず。

＊＊＊

ふたりは駅のタクシー乗り場で別れた。

Rは直接、河田屋に行き、荷物を置いた。宿帳に記入しながら、さりげなく女将に混み具合を尋ねた。

「鴨川のお花見にいらっしゃる常連のお客さまひと組のほかには、どなたも。天気予報で開花は遅れていると繰り返すものだから、みなさん来週に変更なさって」

「桜は気まぐれですからね」

女将は微笑んだ。

「桜をお許しください。初めてデートするときの若い娘たちみたいなものですから。いつものお部屋を用意しておきました。ご案内しましょう」

「いや、また出かけます。鞄だけ置かせてください」

「お茶道具をお探しに?」

再び微笑みながら女将は答えた。

「僕の悪癖をよくご存じで!」

「悪癖だなんて、素晴らしいじゃありませんか。ただお金がかかりますわね。ごめんなさいね、失礼なことを申しまして」

女将はRから鞄を受け取り、部屋につづく廊下の奥に進んでいった。

旅館を出る前に、Rは小さな受付の角に置かれたピンクの公衆電話に向かった。顧客に電話をかけ、訪問できなくなったことを丁寧に詫びた。東京に戻ったら、儀礼的な手紙を添えてシャンパンを一本送ることにしよう。このプレゼントには失敗を取り消す効果がある。

Rは熱に浮かされたようだった。旅館の入り口の脇にある、客が酒を飲んだり煙草を吸ったりする小間で真理子を待つこともできた。しかし、熱《ほて》る血を静めるためにからだを動かさねばならない。そこで川沿いに奈良線の東福寺駅まで歩き、そこから電車に乗ることにした。たっぷり二時間あった。

鴨川の川岸に降りると、この季節にしては肌寒く、人はほとんどいなかった。すでに低く傾いた太陽は穏やかな反射となって水面に触れ、そこに鴨たちが航跡をつけていた。桜の木々は、その弱々しい枝先に、寒がりの小さな握りこぶしのような蕾を差し出していた。満開になるまでにはあと一週間は必要だろう。突風や急な雨で花びらが散って、むき出しになった枝の骨格を眺めることしかできないというようなことがない限り。

こうした桜の儚《はかな》さに、Rはいつも困惑を覚える。その儚さに日本人は心を動かされるのだが、Rはむしろ沈んだ気分になる。日本人の気持ちは理解できても、共有することはできなかった。そこにはRが決して乗り越えることのできない目に見えない境界があった。この先ずっと、こうなのだろうか？

しかしもっかのところ、彼は幸福に酔いしれていた。週を追うごとに真理子に対するRの愛は、神秘的な次元になっていた。短すぎる逢瀬も名残惜しさや欲求不満を残すことなどなかった。それどころか、真理子は人生で唯一の女性だという確信はいっそう深まり、真理子もそう感じていると彼は思った。真理子が憂鬱なときも喜んでいるときも。真理子はRの空白を満たしてくれた。真理子は、Rの生き甲斐となっていた。これほど心躍ることはそれまでなかった。

真理子は、存在の悩みを和らげる天啓であり、無敵であるという感情をRに与えてくれた。ふたりの愛はもう誰にも邪魔させない、と彼は心に決めた。

近づいたと思っても遠ざかってしまう地平線に向かっていることもわかっていた。鴨川沿いの散歩のあとで、Rははっきり決めた。耳も目もふさいで、目の前の道をひたすら進んでいこう。自分の情熱の声以外は聞かないことにしようと。

20

一九六九年三月、京都

真理子は伏見稲荷の鳥居の陰でRを待っていた。

彼に気づくと、真理子の顔はぱっと明るくなり、見つめるRの視線から真理子以外のすべてが消えた。Rは、真理子の差し出す手を取った。

「日が暮れる前に頂上まで登って降りてくるのだったら、急がなくちゃ」

真理子はこう言いながら、Rを神社の入り口のほうに引っ張っていった。

鮮やかな朱色の鳥居が連なる下を、Rは彼女のあとに続いた。鳥居の土台は黒く塗られていた。この春の午後の陽を浴びた天井の明るさと、灰色の地面に打ち込まれた黒い柱は、強烈なコントラストをなしていた。最初は傾斜も穏やかで、どんどん歩みを進められた。それから道は間隔の空いた石段になった。上っていくにつれて参拝客は減っていった。真理子の草履のパタパタという音が鳥居のトンネルに響いた。

真理子はRの五歩ほど前を歩いていて、階段を一段上るときに裾を持ちあげると、足袋のすぐ上のふくらはぎが数センチ見えた。Rはこの一瞬の、裾が落ちる前の肉体の出現に動揺した。真理子のかかとの丸さは見ていて飽きることがなかった。一歩ごとに、帯の結び目の正弦曲線《サインカーブ》の動きが軽くひねった腰を強調する。絹の地が臀部の丸みで張りつめても、下着の跡はまったく見られなかった。襟元では、たわんだ襟首の脆さがあらわになり、後頭部のくぼみのすぐ下、椎骨の膨らみを目立たせていた。この膨らみを、七カ月前、雨が一滴、射抜いたのだった。

たった一粒の雨が、ふたりの運命を予言することなど、ありうるのだろうか？

Rは欲望の息吹が全身に走るのを感じた。着物で真理子のすらりとしたからだは隠されていたが、動きがあるたびに収縮と弛緩、緊張が暗示され、想像力が刺激されるのだった。Rはこの覗き見に、清らかな感情に対する裏切りを認めていた。

彼の心の動揺を感じたかのように真理子は石段の上で立ち止まり、Rのほうを振り返った。鳥居を通る陽射しが真理子の顔を輝かせていた。Rは、ローアングルで見る優雅な真理子の立ち姿、朱色の鳥居の幾何学的な枠に縁取られた姿に感動した。Rの心臓は少し強く打っていた。

「わたくしをひとりにしないで。そばにいらして」

「あなたをひとりにしませんよ。あなたを見ていて、見飽きることはない」

「そんな、困ります」

真理子はRの手を取った。

Rは真理子の顔に近づき、口を閉じたまま彼女の唇に重ねた。唇を、彼女の頬骨や鼻の稜線に沿って、震えるこめかみから髪の生え際に這わせているあいだ、彼女は目を閉じ、ため息をついていた。それからRは耳元でささやいた。

「真理子さん、僕がどれほどあなたを愛しているかおわかりでしょう?」

真理子は目を開けると、小声でこうささやいてから、わずかにRから身を離した。

「わたくしたち、苦しむことになりますわ、きっと。とっても苦しむことに。だから感情のまま走らなければよかった」

真理子は顔を上に向け、悲しそうな笑みを浮かべた。

「ここの神様が、僕たちの魂を奪ってくれたらなあと思いますよ。この至福の瞬間が消えてしまう前に」

真理子は頭を振った。

「気にすることはないわ。わたくしはいつも神様を恐れていましたけれど、結局のところ、神様もわたくしと同じくらい怖がりなのよ。さあ、先に進みましょう」

ふたりはまた上り始め、小さな稲荷神社をいくつか越えていった。神の使いの狐の石像はふたりをからかうように見つめていた。真理子はそのひとつひとつの前で立ち止まり、頭をぺこりと下げた。Rも同じようにした。失礼な態度でお狐様を怒らせたくなかったので。

頂上に着いた。喉が渇いたので神社の売店でラムネを買った。真理子はベンチに向かい、Rも続いた。

ふたりの目の前に、丘の傾斜に沿って鳥居が連なっているのが見えた。そよ風に音を立てる杉の木の下、それは血の滝のようだった。日没の近づいた太陽が、厚く塗られた朱色を活き活きと見せていた。

「五千本以上はあるそうよ」

「いつもこんなにピカピカでいるように、しょっちゅう塗り直しているんでしょうね。とてつもない費用がかかるし、時間も……」

「鳥居を奉納する企業が維持費も負担するのよ。たくさんの鳥居に同じ名前が書かれていたでしょう？　ダイエーの会社の中にいるみたいだわ」

「僕もひとつ買おうかな？」

「あなたの会社の名前を入れるために？」

「僕の会社は神様に守ってもらう必要はないけれど。でも、神様のご厚情は僕らふたりには効き目があると思いませんか？」

「どういうこと？」

「僕が鳥居を一基買って、トヨタとかソニーとかナショナルとかの会社名を入れてもらう代わりに、僕らふたりの名前を入れてもらう」

「そんなこと絶対できないわ！」

「どうしてダメですか？　お金を払って、規則を守りさえすれば」


真理子は、ありえないという表情でRを見つめた。

「あなたって、わたくしが思っていた以上に愚かなのね！　そんな突拍子もないことを考えた人はいませんわ」

「フランスでは、恋人たちは木の幹にふたりの名前を彫ります。そしてふたりの愛の痕跡は永遠のものだと考えます。でもこれは木々に対する冒瀆です。そこで木々は復讐する。木が育つにつれて、痕跡は消えてしまうのです」

「だって、永遠に続くものなど、ひとつもないでしょう」

「ふたりのあいだの愛も？」

「それを不変にする唯一の方法は、時間を止めること」

「時間を止める？」

「人間の時間を止めるには、ひとつの方法しかありませんわ」

「その方法とは？」

真理子は立ち上がってラムネの瓶を売店に返しにゆき、貸瓶代を受け取った。ケースにしまうとき、瓶の首に収められたビー玉がちりんと鳴った。

「もうこの話はやめにしません？」

戻ってきて真理子は言った。「下りたほうがいいわ。暗くなる前に。道でつまずいたりしたくはありませんもの」

「もう狐は怖くないのですか？」

「お狐様のほうが、わたくしたちの陰気な魂を怖がるはずだわ」

「いずれにせよ、急ぎましょう。下に戻ったら鳥居の買い方を訊かなくちゃ」

「まだ考えていらしたのね」

「いい思いつきのときはとくに」

Rは答え、ふたりは、真理子の着物の窮屈な歩調で可能なかぎり速く神社の入り口に通じる道を駆け下りた。

＊＊＊

社務所はまだ開いていた。ふたりがふもとまでたどり着いたとき、夕暮れが観光バスの駐車場に広がっていた。Rはまず、お守りを並べた棚の前にいる神職に、鳥居を奉納することは可能かと尋ねた。真理子は少し離れて後ろにいた。神職は思い違いをして、参拝客に手の届くところにある棚の上に並んだミニチュアの鳥居の山に手を向けた。

「百円です。願い事を書くには、棚の後ろの硯と筆を使ってください」

「いやいや、このことじゃなくて。本物の鳥居を奉納したいんです」

「参道にある鳥居ですか？　初めてですよ、外国の方に訊かれるのは！」

「可能ですか？」

「もちろん。お国はどちら？　日本に住んでいらっしゃるんでしょう？」

「フランス人ですが、東京に住んでいます」

「それならよかった。大きな鳥居は受注生産で、約二年待ちです。というのも、古い鳥居が崩壊したらそこに新しいのを建てるんです。どのサイズがご希望ですか？」

「よくわかりませんが、下をくぐれる高さがあれば……」

神職はしゃがれた笑い声を上げ、それは咳となって終わった。

「サイズっていうのは柱の直径のことですよ。鳥居の高さじゃなくてね。一号から五号まで。一号は約三センチ。鉄棒くらい」

「違いは？」

「太くなればなるほど、腐るまでに時間がかかる。五号なら五、六年はもちますよ」

「そうですか。不朽のものではないのですね」

「何であれこの世に不変のものなどございません。ご存じでしょう？」

「あってほしいですが」

「あぁ、まだお若い。人は年とともに賢くなる。賢さとは、何事も一瞬しか続かないということを知ることですよ」

「では、六年もつものを購入したいと思います」

神職は引き出しから控えつきの帳面を出した。

「日本語の会話はとてもお上手ですが、書くほうは？」

「劣等生ですが、必要なことは書けますよ！」

Rは答えながら、帳面に名前と住所を書き込んだ。

鳥居のタイプについては、最も長く保つ五号に印をつけた。鳥居の幹に記す文字について、という項目でRは筆《ペン》を止めた。

「何でも書いてもらえるのですか？」

「どういうことです？」

「制限はないのですか？　たとえば、企業名だけだとか？　私が道沿いで見たのは、有限会社や株式会社の名前ばかりでした」

「冒瀆的な言葉や下品な言葉でなければ、神道は願いごとは何でもお引き受けいたします」

Rは真理子のほうに振り返った。

「真理子さん、この鳥居にふたりの名前を並べてもよろしいですか?」

彼女は目を伏せて小声で言った。

「光栄ですわ」

「建てるときにはまた一緒に来ましょう。誓います」

「誓うときには謙虚さが必要ですわ。ええ、わたくしの名前をあなたのお名前の横に並べてください」

神職は笑顔でふたりを見ていた。

「フランス人がロマンチストだというのは本当だったんですね」

神職は言った。「この鳥居がおふたりの願いを叶えてくださいますよう」

Rは帳面に身を傾け、真理子の名を漢字で心を込めて書き、自分の名はカタカナで書いた。というのも、この国にどれほどなじんでいようとも、自分は外国人であるということを心の奥底でよくわかっていたからだ。

21

一九六九年三月、京都

ふたりはタクシーで街に戻った。

真理子は空腹だった。ふたりは鴨川沿いに、老婦人の営む小さな店を見つけた。三和土《たたき》の床、裸電球がカウンターをちらちらと照らし、その奥で老婦人が調理をしていた。ふたりはやや不安定な椅子に腰掛けた。

「このような店にお連れしてもよかったのでしょうか」

Rはささやいた。

真理子はその手をRの手に重ねた。

「とんでもない。素晴らしいですわ。わたくしの知らなかった日本を教えてくださっているのですから」

「うちには品書きはないんですよ」

おしぼりを渡しながら女将は言った。「市場で見つけたもの、山で採れたものを料理しています。こんな店ですから、あなたがたのようなお上品な方たちには物足りないかもしれませんが、精いっぱいおもてなししましょう」

女将はカウンターにグラスをふたつ置き、陶製の瓶から琥珀色の液体を注いだ。

「手作りの梅酒です」

真理子とRが梅酒を味わっているあいだ、女将は囲炉裏に若筍を並べた。

「ぜんぶ炭火なんですよ。ご飯も」

象牙色の若筍を返しながら女将は言った。「時間はかかりますが、ガスの火よりずっと美味しいですから」

「僕らは時間はありますので」

女将はしたり顔で微笑んだ。

「京都は恋人たちにとって世界一美しい街です。でもそんなに長くお引き止めしませんよ。ほかにすることもおありでしょうから」

真理子はこのほのめかしに顔を赤らめた。Rはといえば困惑していた。もちろん頭の片隅で、来るべき夜についての思いは離れることはなかったが、かつてほかの娘たちと出かけたときのように血管が沸き立つことはなかった。真理子がRのうちにともした炎は、こうしたほとばしりを引き起こさなかった。彼はむしろ、自分の肉体から完全に切り離されているような、この上ない幸福感のなかに漂っていた。これが悟りなのだろうか？

真理子の存在がRを落ち着かせた。頭の内部に渦巻く苦悩のすべてが、真理子が実際に、あるいは想像の中でRと一緒にいると消え去るのだった。真理子は数カ月のうちに、彼の切望する空気となり、彼の魂の闇を消してくれる光となっていた。

夕食が終わると、女将が戸口まで送ってきた。

「どうかお幸せに。おふたりは輝くようだわ！」

ふたりは礼を述べるに留めた。通りの角を曲がる前に振り返ると、百メートルほど遠くで、女将はまだ戸の前に佇んでおり、輪郭《シルエット》が街灯の光に照らされていた。

真理子はRの手を探った。これまでそんなことをひと前でしたことはなかった。

「疎水に沿って少し歩きませんか？　すてきな場所をお見せしたいの」

ふたりは路地を行き、八坂神社に向かう橋のところで四条通を横断し、先斗町の川に沿った道を進んだ。しだれ桜が植えられていて、枝が水面をかすめていた。桜の蕾はわずかにふくらんでいた。通りに人は少なかった。ふたりは、ルネサンス風を思わせる造りの小さな二階建ての建物の前に辿り着いた。側面に色とりどりのステンドグラスを嵌めた窓がふたつ並び、その上に紋章らしきものが飾られていた。入り口の上方には、曇りガラスのランタンがあり、中央のトリコロールの紋章に、金色の文字で、FRANÇOISと記されていた。

「フランスのカフェなんですか?」

「そういうわけでもなくて。わたくしもいわれを聞いたことのある有名な店です。ユニークな歴史があるのですわ。大切な機会に大切な方と来てみたいと思っていたのです」

真理子はそう言い、Rの手を一瞬強く握ってから手を離し、店に入った。店内のロココ様式の台には、深紅の薔薇を活けたルネ・ラリックの花瓶が置かれ、漆喰の壁を明るくしていた。

縦に長いその店は天井が高く、中央の丸屋根《ドーム》を四本のオーク材の柱が支えていた。柱頭にはアカンサスの葉飾りがあった。アーチ形の上方部には黒檀の羽目板が連なっていた。それぞれの板の中央、壁灯の下の壁に木彫りされた紋章があった。吊り下げ照明もあった。パリのブラッスリーにあるような電球や、金のチェーンのついたアールヌーボー調のシャンデリアなど、あちこちから集められた品のようだが、場の調和を乱してはいなかった。テーブルは幅が狭く、木製の脚は螺旋状だった。テーブルそれぞれに二脚のアームチェアが置かれていた。一四〇〇年代《クワトロチェント》の宮殿にあるような、背もたれに透かし模様が施され、紅のビロードで覆われた重厚な椅子だった。壁にはパリの古地図が掛けられ、反対側にはミレーの複製画が飾られていた。遠くに重厚な木彫りの額のついた鏡があり、モナリザが正面に座った客たちを見つめていた。そして店の奥には、レパントの海戦を描いた大きな絵があった。反対側に古いアップライトピアノがあり、黄ばんだ木綿のレースのような鍵盤が、いつか演奏されるときを待っていた。寄せ木細工の床は、歳月によって磨かれ、歩くと軋む音を立てた。

落ち着いた雰囲気で、少し埃っぽく、雨の日のひと気のない図書館のようだった。数少ない客が小声で話していた。タイムスリップして、イタリアルネサンスのバロック様式のサロンに来たようだった。

歳は六十代、白髪で角張った顔、口ひげを唇の両端に下がるよう完璧に整え、ベークライトの丸めがねをかけた男性が、マホガニー製の告解室のような小部屋から出てきた。ふたりはマントを着た聖人が描かれたステンドグラスの下のテーブルに案内された。

男性がふたりの前にメニューとおしぼりを置くと、真理子はRのほうに身を傾けた。

「立野正一さんよ、このカフェの創業者なの。非合法だった頃の京都の労働運動の指導者のひとりだった方です。このカフェは社会主義と芸術の共生を目指して作られたそう。この店の利益は当時の日本共産党の財源となっていたと言われていたわ。一九三七年に軍部によって投獄されて、出所してからイタリア人の友人に頼んで改装したのですって」

「でも、なぜフランス語の名前で、フランスの紋章が?」

「立野さんは美術を学ばれていらして、ジャン＝フランソワ・ミレーがお好きだったので、それでこの場所を『フランソア喫茶室』と命名なさったようなの」

「フランソア、父と同じ名だ」

思いに耽ってRは言った。「真理子さん、偶然を信じますか?」

「むしろ宿命だと思います。偶然の一致が、わたくしたちにサインを送っているのね」

「この店を、僕の父の名前と同じだと知っていてお選びになったのですか?」

「それは存じ上げませんでした」

真理子は静かに答えた。「ご両親のことをお話しくださったことはありませんもの」

「真理子さん、あなたもですね」

　真理子はRに微笑みかけてから、蓋然性理論について反駁するのはRに任せて、メニューに没頭した。

　真理子はココアを、Rはダージリンのレモンティーを注文し、ゆっくりと、黙って飲んだ。一緒にいることの奇跡を味わいながら。

　おそらく真理子は、これからのこと、これから過ごす夜のことを考えていたのだろう。

「ピアノはお弾きになられますか?」

真理子は突然、訊いた。「あなたの手はピアニストの手でしょう。ずっとそう思っておりましたの」

「ピアノは家にありました。母が時折、父のために弾いていました。ある日僕は、母が弾くある曲に夢中になったんです。バッハのピアノ協奏曲第五番ヘ短調、第二楽章。完璧なものに出会ったと感じました。それでこの曲を習うことに決めました。それまで鍵盤にさわったことも楽譜を読んだこともなかったのですが。もちろん、思い上がったことです」

「まあなんて野心的な！　ソルフェージュもなさったの？」

「いや。時間がありませんでした。試験勉強もありましたから。母に、この曲だけを習いたいと頼みました。毎晩、大学から帰ると一時間、ピアノに向かいました。父は無駄な努力だと思っていたようですが」

「お母さまは？」

「無謀な試みに対して、母はとても忍耐強かった。どうしてもこの曲を弾きたかった。心に棲む不条理な苦悩を追い払うために……」

「不条理な？」

「ええ、完全に不合理な。僕には足りないものはなかったし、苦しんだこともない。不自由なことは何もなかったし、両親も愛情深かった」

Rは紅茶をひと口飲んだ。

「一年後、この曲を弾けるようになりました。ええ、もちろん指は硬くて、平坦で感情もない弾き方です。僕を感動させた旋律とは別ものでした。でも最初から最後まで弾けるようになった。茶道のときと似ています。動きはぎくしゃくして、気持ちも込められない。無心の状態に到達できないのです」

「それは、あなたが練習しすぎたからだわ。なすがままに任せていれば、いつしか心静かに茶道が示されるときが訪れるとわたくしは思いますけれど」

「そうだといいのですが」

「それで、ピアノのほうは？」

「ある日、第二次大戦末期のベルリン攻防戦のルポルタージュをテレビで見ました。ひどい場面でした。ひとりの男の子が荒廃した街を走り回って、火の海から逃げようとしていた。僕は頭に浮かんで映像と重なった。なぜだかわからないけれど、この第二楽章〈アリオーソ〉が頭に浮かんで映像と重なった。この曲はあの激高、乱暴、残虐さを覆っているようだった。家に帰って、僕はピアノの前に座って弾きました。ゆっくりと、母が教えてくれたのより何オクターブか低く、死から逃れようとするあの男の子の映像を思い出しながら」

「弾いてくださらない？　わたくしのために」

「弾くには、今宵の僕は幸福すぎます」

真理子はRに身を傾けた。彼女の気分が急に変化したことにRは呆然となった。

「わたくしたちのしていることに出口がないことは、あなたもよくおわかりでしょう。今は夢をさまよっていて、どんな夢もそうであるように、目が覚めれば消えてしまう。わたくしたちは夢のなかにいるのですもの、ね？」

真理子は手の指が白くなるほどに、テーブルの縁を強く握っていた。

「真理子さん、あなたはなぜそんなに悲観的なのですか？」

「現実的に見れば、わたくしたちの関係は残酷そのものです。それ以外のことは幻想でしかありません。おねがい、この曲を弾いて。わたくしのために、わたくしたちのために。あなたも充分に悲しいお気持ちなのではないかしら？」

Rは席を立った。調和のとれたこの一日を、真理子は子どもが飽きたおもちゃをそうするように、壊してしまった。

店の主人に断りをいれて、ピアノの前に座り、しばし目を閉じ、あのドイツ人の子の映像を思い出そうとしたが、どうしても真理子の映像がかぶさってしまうのだった。

Rは弾きはじめた。いつもよりさらにゆっくりと、悲しみを倍増させ、両手を高くあげ、もう鍵盤の上に戻ってくることはないかのように。Rはかつて、プレイエル・ホールでグレン・グールドがこの協奏曲を演奏するのを聴いたことがあった。グールドはしわくちゃのレインコートを着ていて、ポケットはティッシュやハンカチで膨らんでいた。頭にはキャップ帽、髪が一筋、飛び出ていた。家に帰るとRは急いでピアノの前に行き、この素晴らしき浮浪者のようなピアニストの分節法を再現しようとした。

その晩、真理子のために弾いていると、真実に触れているような気がした。まるでグレン・グールドが鍵盤を通じて彼の指を動かしているかのように。

真理子のためなら、どんな奇跡も起こせるだろう。

この古めかしい喫茶室の調律されていないピアノを前にして、ラルゴのテンポで三分の間、Rは、どんな代償を払おうと、またどんな深淵を乗り越えることになろうと、きっと真理子を幸せにする、と自分に誓ったのだった。

最後の和音を押さえ、足でペダルを踏んだままにして、ピアノの内で音が消えるまで待った。元日の零時に撞《つ》かれる、一〇八番目の除夜の鐘の音のように。

Rが振り返ると、真理子は消えていた。

22

一九七三年一月

刑事の田中は、古いしみのある外套を着て、手には傘を持ち、玄関先にいた。玄関の戸を叩く音が聞こえて、ピアノの蓋を閉めたところだった。

「おひとりかな?」

田中はそう言いながら、靴とコートを脱いだ。

「ええ」

「ちょっとおじゃまするよ」

田中はRを突き飛ばしそうにして上がり框をあがった。ギャバジンの外套をコート掛けに掛け、傘を傘立てに立てるとき、女ものの傘に気づいた。

「婦人ものの傘か……彼女のかな?」

「元秘書のものです。雨の日に借りたまま、返しそびれてしまって。でもその秘書はご主人と一緒にアメリカに行ったきりなんです」

「おやおや、女性というものは……。皆、結局は去っていってしまうんだ」

田中刑事が家を訪れるのはこれで三度目だった。年に一度、年末年始の休暇の後の最初の日曜日にやってくる。Rは田中の図々しさに慣れつつあった。

「ピアノはあんたが弾いていたんですか？」

急に話題を変えて田中は尋ねた。「しかしなぜずっと同じ楽章を？　あたしがここに着いてから、七回も繰り返し弾いていた」

「僕の家の前に、そんなに前からいらしたのですか？」

「かれこれ三十分くらい。少し寒かったが、こういう時間が好きなんだよ」

「いつも、ドアの外で盗み聞きをなさるのですか？」

田中は高笑いしながら、炬燵に両足を入れた。

「それも仕事のひとつだからね。あんたはまだ私の質問に答えていない。いつも巧みに避けている。光永さんにも同じような癖があったと聞いていますがね」

「そんなことは考えたこともありませんでした。だって、僕たちはほとんど話したこともありませんから」

「こっちは逆のことを考えていたんだ」

「逆のこと？」

「ええ。あたしら人間は、結局のところ、毛のない大きな猿だ。模倣はよく知られた行動だよ。ほとんどの場合、無意識に行われる。人は、近しい人の身振りや仕草、表情を真似する。これを掘り下げると興味深いことがわかるんでね」

「以前にもお話ししましたが、僕は光永さんのことはよく知りません。ご存じのとおり、稽古のあいだはあまり話さないものです。彼女と話したことは十回もないと思います」

「ああ。あんたはそう言った。十回もない。覚えやすい数字だね。まあ、いいだろう。こっちは、相手の言葉をそのまま信じたりしない性分なんだよ。人間の性分ってのは変わらないものだ。そもそも、証人の供述をやたら信用しないのがあたしらの仕事の基本でね」

「なんと悲しい職業か」

「そんなことは百も承知だよ。とくに今回の不幸な事件の捜査みたいに、堂々巡りで進歩がないときはね。この若い女性が姿を消してから、もう三年になるんだから」

「家出の可能性もあるのでは？」

「考えられないね。彼女にはその理由がない。立派な結婚がひかえていて、相手は資産家のご子息で。いやまったく、彼女には自分から姿を消す理由はひとつもない」

「たしかにそうですね」

「なぜ、ずっと同じ楽章を繰り返していたんだろうね？　おそらくバッハのピアノ協奏曲第五番の二楽章だよね。作品目録一〇五六番」

「音楽がお好きなのですか？」

「ああ。日本の刑事だって、自分の国以外の文化に夢中になることもある。それで、もうひとつ質問。なぜこのアリオーソを？」

「知っている唯一の曲だから」

「唯一の？」

「ほかの曲は弾けないんです」

「ベテランのプロのピアニストのように素晴らしかった。ヴィルヘルム・ケンプの荘厳な緩慢さ。ケンプがこのアリオーソを四分近くかけて弾いたのをご存じかい？　今弾いたあんたの演奏にはリヒテルのような清澄さ、そしてポルトガルの若い天才ピアニスト、マリア・ジョアン・ピレシュの繊細さがあったよ」

「お詳しいのですね」

「調査は得意中の得意」

「最高の演奏家たちと比べていただいて、僕も嬉しいです。これも模倣の一種でしょうかね？」

「いや。しかし何かが間違いなく引っかかる。あんたには偏執的なところがおありだ」

「僕の心理的な特徴をとらえようとしているのですか？」

「あたしは真実をつかまえたい。今回の事件のすべての証人のなかで、あんたが一番不可解なんだ」

「それは僕だけが外国人だからでは？　日本人と外国人のあいだには深い溝があることはご存じでしょう。われわれはあなたがた日本人の感情を読み取ることができない。あなたがたが私たちの感情を読み取ったとしても、曲解していることもありますしね！」

田中は上着のポケットから煙草を取り出した。煙草に火をつけてから、Rに答えた。

「外国人は理解できないとはあたしは思わんよ。憎しみ、愛、嫉妬、こうしたことはすべて人類に共通の蓄積だ。ただ異なった仕方で表明される。それだけのことだよ。1足す1はこの国でも2。あたしもRさんと同じように糞をする。あんたが光永さんに惚れていたこと、それは明白じゃなかろうか」

「どんな証拠があるんですか？　それに、そうだったとしても、僕が彼女をよく知らないという事実に変わりはありません。彼女は斎藤先生の稽古に来て、皆と同じように順番がきたら点前をして、帰っていきました。たいていはほかの人より早く帰りました。僕は帰り道で彼女を見かけたことは一度もありません。運転手が車で迎えにきていたのだと思います」

「そこがあたしもよくわからないんだ。最初のうちは、彼女の父親の運転手が迎えにきていた。やがて彼女のスケジュールには空白がだんだん多くなる。細かく調べると、一九六八年十月を境に大きく変わっている」

「人間は、つねに同じ行動をするようプログラミングされた機械ではありませんから」

「おっしゃるとおり。でも人間は基本的に怠惰な生き者だ。なまけ者は変化を好まない。ほら、あたしがお宅を訪問するとき、いつも日曜日の同じ時間で、あたしはいつも炬燵の同じ場所に座り、それから五分後に煙草に火をつける。あたしはおそろしく予測可能な人間ってわけだ」

Rは肩をあげた。

「おそらく彼女には秘めた関係があったのでは？」

「もちろん。彼女は結婚が決まっていて、そのためにも秘密を守る必要があった。問題はそこじゃない。問題なのは、彼女が誰と付き合っていたかだよ。その答えがわかったときには、彼女の身に起きたこともわかるはずだ」

「彼女はただ自由の身になりたかっただけなのでは？」

「三年間も身を潜めて暮らすこと、それが自由とは思えんな。もし彼女がまだこの世にいるなら、そろそろ姿を現してもいいんじゃないか、恋人の腕をとって、あるいは子どもを連れて。いや、これは実に嫌な事件だという気がする。何らかの理由で、彼女はそうすることができなかった。あたしはそう確信してるね」

「どこかに隠れて、彼女は幸せに暮らしているかもしれません。どうして最悪のことばかり考えるのですか？」

「なぜなら、その最悪のことが、犯人にとっては最良のことだからだよ。まったく最悪なことにね！」

「でも、僕にしつこくつきまとうことへの説明にはなりません」

「何だって？　三年間にわずか四回の聴取に勾留《こうりゅう》もなし。あたしはこれが嫌がらせだとは思わんがね。でもたしかに、斎藤先生の稽古に来ている若い女性たちよりも、あんたのことをより時間をかけて調べてはいる。しかしながらあんたのスケジュールは、あたしのよりもさらに退屈で……。これだけ退屈な生活をしていることこそ怪しい」

「あなたからすれば、なんでも疑わしくなるのですね」

「たしかに。職業病みたいなものだね。でも、さっきのあんたの弾くアリオーソには不意をつかれた。自分の捜査にほころびを発見したんだ。ある人物について、すべてを分析し、X線にも通し、何もかも知り尽くそうとする。そのための訓練を受け、合法的な、あるいはそれほど合法的でないあらゆる方法で捜査をする。それでもなお思いがけないことが起こる。それがあたしら刑事を奮起させるものなのかもしれない」

「僕に関する調書にこう書いてくださいよ。〈Rはバッハのピアノ協奏曲第五番、アリオーソ、作品目録一〇五六を強迫的に、でも見事に演奏する〉と。あなたの取り調べの成果として！」

「さらに付け加えるとしよう。あんたの演奏は奇妙で、ものすごく遅く、胸を刺すようで、その心の奥には大きな悲しみか、とてつもない秘密があるに違いない、と」

Rは大笑いした。

「あなたのユーモアは素晴らしいですね、田中さん」

「いや、あたしは真剣だよ。あんたの絶望の理由を探りたいんだ」

田中は、火の消えた煙草を口から離した。灰が少し畳に落ちた。灰を手で払おうとして身をかがめ、その仕草をふと止めた。

「畳にシミがある」

田中は眉をひそめて言った。Rに、畳の目に小さな星座のように飛び散った褐色のシミを見せた。

「しばらく前にコーヒーをこぼしまして」

Rは答えた。

「あんたは神経質だから、さぞや気になっただろうね」

「ええ、畳替えをしたばかりだったので、なおさら」

田中は結局、煙草の灰を四方に散らかした。

「どうぞお気づかいなく。あとで掃除機をかけますから」

「だが、このコーヒーのシミは……」

田中は吸い殻をRに差し出し、Rはそれを嫌悪感で身震いしながら受け取ると、台所のゴミ箱に捨てに行った。

Rが戻ると、田中は立ち上がっていた。そして仏壇のほうを向いた。

「ところで、これまで聞いたことがなかったが、この仏壇にはどなたを安置しているのかな？　ご先祖さま？」

「われわれには誰でも先祖がいるのでは？」

Rは答えた。

「あんたの先祖の魂は日本にいるのかい？」

Rは仏壇の前の小さな座布団にひざまずき、仏壇の扉を開けた。

「おわかりでしょう？　私だって何もないところに向かって祈りたくはありません。僕の両親です。両親は一年前に自動車事故で亡くなりました。ふたりの遺体は日本に連れてくることはできませんでしたが、魂はフランスから連れてきました」

「そりゃあいいことだね」

「捜査をしたのに、このことはご存じなかったですか？」

「あたしらはまだフランスまで捜査に行ってはいないから。おそらくいずれ行くことになるかもわからんが」

「これが悲しみの理由とはなりませんか？　つまり、遠く離れた両親を突然失うことが」
「たしかに悲しいだろうが絶望はしない。親の死は、それが事故であれ、残念なことだが予見できる現象だ。ご両親にお参りをさせてもらおうかな。どうぞ安らかに……」
「あなたにとって、魂の平安を祈ることはそれほど重要なことなのですか？」
「あらゆる魂の平安が、あたしには重要なんだよ。そのためにあたしはこの仕事をしてる。犠牲者の魂の平安のために、遺族や、さらには犯人の魂の平安のために」

田中は仏壇の前の座布団に正座し、蠟燭に自分のライターで火をつけ、線香を二本とって蠟燭の炎を移した。線香に火がつくと、それを振って炎を消し、線香立てに立てた。小さな布団にのった銅製の鈴《りん》を三回鳴らすと、澄んだ音色が部屋の冷たい空気のなかに広がり、田中は手を合わせて祈った。

田中は、漆塗りの八角形の小箱も、帯留めも目に留めなかった。仏壇の棚に置かれた帯留めのダイヤモンドは、蠟燭の光に照らされ目立っていたのだが。線香立ての反対側に置かれた不二家ネクターの缶についても、何も尋ねなかった。

田中は立ち上がった。

Rは玄関まで見送った。

「お邪魔したね」

外套をはおりながら、田中は言った。

田中は通りの角で、こちらを振り返らず、帽子を上げ去っていった。Rは玄関の前に佇み、田中が姿を消すまで待った。

それから家に入り、再びピアノを弾いた。

23 一九六九年三月、京都

Rは悲嘆に暮れて宿に戻った。

真理子はなぜ、フランソア喫茶室から突然姿を消したのか、彼にはわからなかった。Rについて京都まで来たこと、ふたりの関係を、東京での無邪気な恋愛よりもずっと危険な下り坂に導いたことを、真理子は後悔したのだろうか？

真理子の愛情については疑いようはない。Rには穏やかな確信があった。しかしRは、日本社会に濃密に張り巡らされた蜘蛛の巣を恐れていた。それは滅多なことでは獲物を逃がさない。

一九四五年に敗戦した日本は、東京オリンピックの成功のおかげで名実ともに復興し、現在、翌年の万博開催に向けて熱気に満ちた準備が始められていた。一連の流れが世界に向けての開国を加速しているとはいえ、日本はまだまだ閉鎖的だった。

良家の子女にとって、外国人と結婚するという選択肢はなかった。茨の道の先に勘当というケースもまま見られた。そして真理子の家のように社会的影響力を持っている場合は、さまざまな面倒を覚悟しなければならなかった。

Rはそれらを認めたくはなかったが、理解はしていた。彼にもっと節度があれば、真理子をすぐさま東京へ戻る列車に乗せていただろうし、それでふたりの関係にはピリオドが打たれただろう。しかしRは、分別をもって自分を押し殺すことなどできなかった。

もう真理子なしで生きていくことなど考えられなかった。それはおそらく真理子も同様だったが、彼女は理性に捉えられてその夢をついえさせているのではないかとRは考えていた。

Rは歩いて帰ることにした。高瀬川に沿って木屋町通から二条通へ上るときは、周辺のクラブの女たちに客引きされた。その中のひとりは、高い位置で結んだポニーテールが頭を動かすたびに肩を激しく打っていた。驚くほどきれいなグレーの大きな目と大きな口に、Rはあやうくついていきそうになったが、思い直し、帰途についた。

一時間後、寒さに凍えて宿に着くと、二つの常夜灯のほかは灯りがすべて消えていた。下駄箱に真理子の草履はなかった。旅館には人影がなかった。Rがただひとりの客なのだろう。そう気づいて胸が締めつけられた。

部屋に入ると布団が敷かれており、上に浴衣と帯がのせられていた。Rはそれに着替えると風呂場に向かった。風呂場は真っ暗で、檜の浴槽の湯がまだ抜かれていないことを願いつつも、灯りをつけなかった。中庭のどこかにある外灯が、窓の磨りガラスを通してかろうじて中を照らしていた。浴衣を脱いで籠に入れ、浴室に入った。戸外よりも寒く感じた。

蓋を取ると、浴槽から湯気が立ち上った。歯をカチカチいわせながら、洗面器を使って体に湯をかけ浴槽に入る。熱い湯のなか、膝を抱えた胎児のような格好でじっと震えていた。

体の内から、真理子がいなくなったときの衝撃が滲み出てくるようだった。これほどの苦悩を感じたことはなかった。

ようやく浴槽から出た。浴衣の帯を結ぶときもまだ、湿った肌から湯気が上っていた。洗面台についた鏡をちらりと見ると、髪はぼさぼさ、目の下には紫色の隈があり、おとぎ話の醜い小人《ノーム》のようだった。

部屋に戻ると布団に入り、本を出して読もうとしたが、しばらくして閉じた。一行追うごとに、伏見神社の石段でRのほうを振り返った真理子の姿が目に浮かぶからだった。枕元のランプを消して布団の中に潜った。一日に二度も長く歩いた疲れが勝り、Rは眠り込んだ。真理子の微笑みと声で頭の中を一杯に満たしたまま。

真理子の存在を感じてRは目が覚めた。彼女のからだが発した熱のせいだろうか。かすかな息遣い、浴衣の袖が擦れる音、あるいはRに注がれた優しい眼差しのせいだろうか。一メートルほどを隔てて、彼女はそこにいた。

真理子は背筋を伸ばして正座し、浴衣の裾は腿にぴたりとついていた。彼女の流線形の姿《シルエット》は、鴨川の靄のように広がる障子の光と格子の影の上に、くっきりと浮かび上がっていた。薄暗い部屋の中に顔の白さが目立ち、能面をつけているかのようだった。長い髪を解き、滝のように落ちるままにしていた。シルフィード《空気の精》なのか？　それともサキュバス《夢魔》？

夢を見ているのだろうか？

「起こしてしまったかしら？」

「ということは、夢ではないのですね」

「さあ、どうかしら？　あなたも、わたくしも、蜃気楼のようなものなのかもしれません」

「ずっと前からここに？」

「たぶん、一時間くらい。もっとかもしれない。あなたの寝顔を拝見しておりましたら、穏やかな気持ちになり、すべてが清澄になりました」

Rは起き上がろうとした。

「そのままでいらして。わたくしがあなたのほうにまいります。けれど、もう少し時間をくださいい。おわかりでしょう、これまで男性が眠っているところを見たことがなかったの。心を落ち着けないと」

「真理子さん」

「何もおっしゃらないで。わたくしに話させて、わたくしの勇気がまだあるうちに」

真理子は体勢を変えた。顔は影に隠れた。Rから見えるのはオパール色の障子に浮き上がる真理子の横顔だけだった。話し始めると、白い息が唇から立ち上った。

「Rさん、ごめんなさい。わたくしのために演奏してくださっている最中に、逃げ出してしまって。ピアノの音色が美しすぎて、あまりに愛に溢れていて、わたくし、怖くなったのです。これに応えられないのではないかという怖さ。どうやってあなたとお話ししたらいいかわからない怖さ。日本人は感情を表に出すことに慣れていません。ご存じのように、日本語は互いに理解し合うのを避けるようにできています。わたくしの家では、感情を決して表に出さないように教えられました。そう、感情を持つことすら許されないとでも申しますか……というのも、愛情や愛着、優しさは品位を汚し、慎みに害を与え、調和を乱し、義務を危機に陥れるからです。そして、このような原則に背くことになることも怖かった。でも、もう今は怖くありません。わたくしの望むままに行動することも」

真理子はRのほうを向いた。激しい言葉を連ねたにもかかわらず、真理子の表情の清らかさに、Rは心打たれた。

遠くで寺の鐘が鳴った。

「夜のこんな時間に」と、思いがけない出来事に一瞬、気をそらした。不眠症の僧侶だろうか、それとも酔っぱらいのいたずらか。

真理子はRに近づいた。目は輝き、涙が一筋、頬を流れているのが見えた。

「あなたを愛しています。あなたしか愛さないし、あなたのことをずっと愛します。あなたを失うなどわたくしには耐えられません」

Rは身を起こした。真理子の両手を、自分の両手で包んだ。手は凍るように冷たかった。温めるために指を絡めると、指は長く、華奢なことに驚いた。

ゆっくり、彼女を布団の中に引きよせた。からだの上にのせると、彼女がこんなにも軽く、細いことに彼は胸をつかれた。木綿の浴衣を通して彼女のからだの温もりを感じ、腰の丸いカーブに手を添えた。彼女の足は冷たかった。そしてRの胸に手をつき、上から覗き込むように彼の顔を見つめた。彼女の髪が彼の顔を包み、ふたりを世界から孤立させていた。

涙が途切れることなく流れていた。嗚咽《おえつ》もなく、ただ静かに。まばたきをするとまつ毛に一瞬かかり、それからRの顔に流れ落ちた。Rは口を半ば開けて、舌で涙を受けた。涙は甘美だった。

真理子は泣き止んだ。両頬をぬぐい、Rの胸にぴたりと嵌まり込むかのように身を寄せた。真理子は腹部にRの欲動を感じた。未知の波が、苦しくも甘美な波が真理子の全身を走った。

「優しくして。はじめてなんですもの」

彼女はささやいた。

「これは本当にあなたの望むことですか？　もう少し待ったほうがいいのでは？」

「今夜でも明日でも来月でも、何も変わりません。わたくしはあなたのものになりたいの。あなただけのものになりたい。わたくしの一番大切なものを、二度とは手に入れられない、ただひとつのものをあなたに差し上げたいのです」

ふいに真理子はRの傍らへと身を翻し、布団の上に横たわった。まるで宝石箱のなかから宝石がこぼれ落ちたように。黒髪が扇のように広がり、浴衣の帯をほどくと、薄暗がりのなかで繭が割れるように、白い肌と艶やかな張りをもったからだが露わになった。

今度はRが服を脱ぎ、できるかぎりそっと、真理子に近付いた。この上なく優しく、ほとんど気づかぬうちに、Rは彼女のなかにいた。

ふたりは再び戻ることのできない境界を超えたのだった。

24

一九八五年十二月、京都

最後の旅行は、京都だった。

日中は大雪だった。新幹線は遅れ、河田屋旅館に着いたときは日が暮れていた。袋小路の先でタクシーを降り、硬くなった雪の上を苦労して進むと、靴底がきしきしと音を立てた。クリスマスも近かった。東方の博士たちを嬰児イエスの生まれた馬小屋へと導く星のように、路地の奥の旅館の庇に下げられた提灯がRを導いていた。戸を開けたとき、彼の胸は締めつけられた。戸についていた傷が、人間の顔についた傷痕のように見えた。

旅館の女将は、言葉少なにRを迎えた。それは彼にとって好都合だった。Rを昔から知る女将は、彼が機嫌よく言葉を交わしたいのか、そっとしておかれたいのかをひと目で察した。ここ数年のRからは、嘆きと悲しみしか読みとれなかった。

「夏目漱石の部屋をご用意してあります」

女将は淡々と言った。

十五年前からいつもRが頼んでいる部屋だった。一九六九年三月のあの日、真理子が宿泊した部屋だ。自分自身が泊まっていたもうひとつの部屋、そこで起きたことは神聖で、記憶は今もはっきりと残っている。だから同じ場所であの日の体験を蘇らせる必要はないのだった。

畳の上に鞄を置き、本を一冊取り出した。読み尽くした本だから、一ページも読むつもりはないのだが。炬燵に座り、ひと息つき、茶が運ばれるのを待っていると、女将がお茶を持って来た。

「お風呂は五分後にご用意できます。いま入浴中のお客さまがじきに上がりますから。先にどなたか入っていたほうが、お湯が和らいでちょうどいいんですよ」

「ありがとうございます」

女将はテーブルの前に正座して、忙しげに、急須に湯を注いだ。やかんの口から湯気がのぼり、火鉢に戻すと湯は再びシューと音を立てて沸き始めた。

「ご希望なら、今夜は空気が乾燥しないように火鉢にやかんをかけたままにしましょうか。お休みになられる前に、お水を足しておきますから」

女将は、Rと自分のためでもあるように言った。

「ありがとうございます。お湯の沸く音が僕の相手をしてくれますね。ひとつ伺っても？」

女将が身を乗り出すと、年齢のわりには初々しい首筋が見えた。歌麿の浮世絵に描かれるあの遊女たちのように高慢な横顔の、この女将をRは高く評価していて、もし彼の心が、真理子の思い出をなかに閉じ込めた琥珀のように結晶化していなかったら、彼女に恋していたかもしれなかった。

「なんでしょう？」

「明日、伏見稲荷まで行けるでしょうか？」

「さあ、どうでしょうか。今夜から明朝にかけてもっと雪が降りますから。道路が閉鎖されるかもしれません。駐車場から神社の入り口まではは雪かきされているはずですが」

こんな天気に京都の反対側の神社に行こうとする理由を女将が詮索しなかったことを、ありがたく思った。

「今回は、ご友人の大西さんのところへはいらっしゃらないのですか？」

「行かないでしょう。京都に来ることは伝えていませんし、いきなり会いにいくのは礼儀にも反しますし」

「お茶の道具探しにも行かれないのですか？」

「ええ。その時代は過ぎました」

「何年もかけて、いいものをたくさん見つけられましたからね」

女将に買ったものを見せたことが何度かあったのだ。京都の旅館の主人は皆そうだが、女将も茶道に深く通じていた。

「ええ、たしかに。でも今は高価になりすぎました。それにもうスペースがなくて、新しい箱を仕舞えません」

「茶道というのは、熱を上げるほどお金も場所も取られますからね」

女将は部屋の戸口のほうに膝をにじった。

「この天気では、外に出かけられるのも面倒かと思いまして。簡単な食事を用意しました。余計なことでないといいのですが」

「とんでもない。僕の気持ちを察してくださって、ありがとうございます。今夜は早く寝ます。そして明日の朝、伏見稲荷に行ってみるつもりです」

「お食事が終わったらすぐにお布団を敷かせますね」

正座のまま、女将は襖を開け、一礼して部屋を出ていった。

お茶を飲み終わると、旅行鞄からグレーの封筒を取り出した。封筒にはRのぎこちない筆使いで、伏見稲荷神社と書いてあった。習字も習得できなかったことのひとつで、升目の上に、頭のなかに思い描いた完璧な線を再現することができないのだった。Rの文字は空間からはみでて、にじみ、震え、規律を持たない昆虫たちのように散らばっていた。

封筒から数枚の紙が出てきた。そのうちの一枚は、五号サイズの鳥居の最初の注文書で、十六年前のものだ。以降、鳥居の柱が湿気や害虫によって蝕まれて崩れるたび、三回更新した。一九七二年の年末にようやく最初の鳥居が立てられると知らせがあったとき、神社から自動で更新できる権利を得ていたのだ。真理子と一緒に神社に行ってから三年以上がたっていた。

新しい鳥居の奉納への立ち会いを知らせる、神社からの手紙を取り出した。翌朝の十時。この悪天候でも可能なのだろうかとRは危ぶんだ。

Rが立ち会うのもこれが最後となるのだろう。

風呂が空いた、と知らせを受け、浴室に行った。からだを洗ったあと、長いあいだ、じっと浴槽に首まで浸かっていた。

この浴室にいると、Rのまぶたには真理子の姿が、湯に浸かった丸い両肩が浮かんで見えた。真理子は髪をあげていた。この単純な場面《シーン》に勝る幸福はないと、当時Rは心に思った。そして真理子がゆっくりと、水の無重力のなかでRとひとつになりにきたとき、その幸福は忘我へと形を変えた。

からだも温まり、浴衣と丹前を着て部屋に戻ると、夕食が用意されていた。食事が済むと、縁側にある型くずれした肘掛け椅子に腰掛け、鴨川べりに降る雪を眺めた。街は無音だった。街自体が寒さと悲しみから身を守るために縮こまっているようだった。布団が敷かれている。羽根布団の下に悲しみを隠すことができるのをRは待っていた。

その晩はよく眠れなかった。河田屋では多くの亡霊たちがRを待ち受けていた。しかし、まさしく亡霊たちと再会するためにRはここに来たのではなかったか？

翌朝、目を覚ますと、火鉢の炭は燃え尽き、五徳の上のやかんの湯はもう音を立てていなかった。身震いしながら、浴衣の上に丹前をはおり、部屋と縁側を仕切っている障子を開けた。縁側の冷気が部屋に急激に入ってきた。川に面した窓の小さな格子は霜で覆われていた。雪片がいくつか、朝の光のなかでまだ舞っていた。

からだを温めるために風呂場に行った。風呂から上がると、亜鉛の小さな斑点のある大きな鏡の前で歯を磨いた。鏡に映る顔は、かつてと同じ像《イマージュ》だったが、歳月と悲しみのため皺が増えていた。

急いで髪を整え部屋に戻ると、布団はもう片付けられ、炬燵に朝食が並べられていた。

ストーブに炬燵、火鉢では炭が燃え盛っていた。

急いで朝食を済ませ、タクシーを頼んだが、昨夜の雪のため到着までかなり時間がかかった。

女将は、玄関まで挨拶にきて、和傘をさして袋小路の先まで見送ってくれた。袋小路はあちこち雪かきされていた。


「次はいつおいでになられますか？」

タクシーに乗り込むとき、女将は尋ねた。

もう二度と会わない人に何と言えばいいのだろう。

「しばらく先になるかと……」

Rは口ごもりながら答えた。

女将の手をとり、この数年、控えめに迎えてくれたことをRは感謝したかった。女将はRの心の動きがわかったようで、Rの手に自分の手を一瞬重ねた。Rがこの質素な旅館に泊まるようになった二十数年で、初めて肌が触れ合った。

「Rさん、おからだをお大切に。漱石さんの部屋にいつでもいらしてくださいね」

Rは振り返り、タクシーの後部座席から女将に挨拶した。雪のなかで赤い傘が目立っていた。女将はやや前かがみに立ち、車が見えなくなるまでじっと動かなかった。

ようやく伏見稲荷に到着すると、駐車場には大型観光バスも乗用車も一台も停まっていなかった。若い神職の一団が懸命に雪かきをしていたが、広い駐車場ではそれほどはかどっているようには見えなかった。両脇に雪が積まれた細い道を通って社務所に向かった。

社務所の窓を叩いた。白い着物に袴を着て、鼻の先でずり落ちそうな丸眼鏡をかけた老人が出てきて、石油ストーブの近くに座るよう促した。

「鳥居の更新にまいりました」

神職が目の前にお茶を置いたとき、Rは言った。

「あなたのことはよく覚えていますよ。最初の申し込みのとき、私が応対しました。だいぶ前のことですが」

「ええ、もう十七年近く前になります。すばらしい記憶力ですね！」

「外国の方が鳥居を奉納することは滅多にありませんからね。あなたは美しい女性とご一緒だった」

「それほど印象に残ったのですか？」

神職は優しく微笑んだ。

「おふたりから、神々《こうごう》しい光が発せられていたのを今でも覚えていますよ。ふたつの魂のあいだにあれほどの結びつきの固さを感じたことはありませんでした。それはそれは特別な瞬間でしたから。私のほうこそあなたがたにお礼を申し上げなければなりません。いや、お時間を無駄にして申し訳ない。今回は案内の手紙を受け取られたのですね?」

「ええ、手紙では今朝更新されるということでしたので」

「いやあ、大雪になるという予報だったので、予定を早めて鳥居の交換をしました。あなたの新しい鳥居は一昨日から立っております。無駄足を踏ませてしまい申し訳なかったです」

Rはお辞儀をした。

「とんでもない。かえってありがとうございます。今回こちらにまいりましたのは、実は特別にお願いしたいことがありまして」

「特別な願い?」

「今後、更新の手続きを続けることができなくなりまして」

「日本を離れられるのですか?」

「ええ、まあ。でも、鳥居はずっと、必要なときには建て替えていただきたいのです」

Rは間をとった。

「つまり、可能なかぎりずっと更新を続けてほしいのです」

「ずっと?」

「神社が存在するかぎり、ずっと」

神職は眼鏡を下げてRをじっと見つめた。彼の言っていることを理解できないようだった。

「言い換えれば、私の鳥居に、永遠の権利を認めていただくことは可能ですか？」

「鳥居に一緒に名前を刻まれた女性を、それほどまでに思っておられるのですね」

「ええ、今も。おっしゃるとおり、私たちはひとつに結ばれていたのです」

「その女性のことを話すときは、なぜ過去形なのですか？　思い出や悔恨を、あなたは永遠のものにしたいというのですね」

「それらすべてを。それから、私が彼女にした約束を」

「彼女はそれを信じたのですか？」

「ええ。私たちの愛がずっと続くと」

神職は頭を横に振った。

「永遠……それはまさしく西洋の概念です。日本に長くお住まいのあなたなら、未来永劫に続くものは何もないということはご存じでしょう」

「必要なだけ、お支払いはいたします」

神職は思いやりから笑わなかった。

「それがまさしく二番目の問題です。永遠があるとして、永遠には値段をつけられないでしょう」

「解決策はないですか？」

神職はしばし考えた。社務所の奥で、古い柱時計の振り子が時を刻んでいた。遠くから、青銅の鐘のかすかな音が聞こえてきた。街全体が雪のなかで身を縮め、穏やかだった。

ようやく神職が頭を上げた。

「ご依頼に対する決まった規則はありません。これからご提案することはかなり例外なことですし、特別なはからいです。ときに、決まりごとというものは、ただひとりの人間の苦しみを前にして無効となることもあります」

神職はまた口を閉ざし、胸の前で両手を組んだ。

「あなたは苦しんでいらっしゃる。そうでしょう？　それも単なる悲しみではない。あなたの眼差しからよくわかる」

Rは答えなかった。ただ、うなずいた。

「お約束します。この神社はあなたの鳥居を百年、お守りしましょう。たしかに、一世紀というのは、ここの歴史の尺度からしたら、ほんのわずかです。でもわれわれはかない存在にとっては、まあ、あなたがこだわっておられる永遠と言えるほどの時間となりましょう」

Rは深く頭を下げた。

「この決定は、跡を継ぐ者にもわかるように、紙に記してまいります」

神職は苦笑いを浮かべた。

「百年後も私がここにいて、鳥居をお守りできるとは思えませんからな」

神職は廊下の奥に姿を消した。Rはじっとしていた。Rの魂に降りてきたばかりの平安の時間を打ち砕いてしまうのを恐れているかのように。祝詞《のりと》の奏上が本殿から聞こえてきた。彼は目を閉じ、この単調な旋律に身を任せた。

神職がようやく戻ってきた。筆で書いた文書をRに渡した。文書には神社の宮司の印が押されていた。

「私がここの宮司なんですよ」

Rが不思議そうに視線をあげると、神職はそう言った。

「宮司様とは気づかず、たいへん失礼いたしました。それでお代は？」

「奉納の価格表はご存じでしょう。あなたの心がそれに見合う平安を得られますように」

Rは資料を鞄にしまい、宮司に礼を述べ、社務所を出た。宮司は入り口に立ったまま、苦悩で打ちひしがれたこの外国人を、千本鳥居の小道に消えるまで見つめていた。

苦労して上り、Rは自分の鳥居にたどりついた。木々は靄《もや》に包まれ、雪が燃えているかのようだった。一昨日建て替えられたばかりの鳥居は、ほかの鳥居に比べて輝いて見えた。Rはその場でしばらく、真理子の三文字の名前と、自分のカタカナの名前を見ていた。毛筆で書かれたたっぷりとした黒漆の文字が、柱の朱色から浮き上がっていた。Rは指を這わせた。それから、杉の木の枝越しに空を見上げた。お狐様がRを見て、Rのことを赦《ゆる》してくれているように感じられた。Rの魂の残りを奪いにくることもなく。

最後にもう一度、鳥居のざらざらした柱をやさしく撫でた。とげが手のひらに刺さったが、気にならなかった。内面の苦しみがそれ以外の苦しみを消していたのだ。もう鳥居を振り返らず、道を下った。願いを叶えてくれたことを神々に感謝した。百年、確かに人間の尺度からしたら、永遠と言ってもよいのかもしれない。

***

奈良線で京都駅まで行き、そこからまっすぐ東京に戻った。

25 一九八六年一月五日から六日の夜

Rは両手を腿に置き、数秒動きを止め、集中した。

目の前の茶碗から、かすかな湯気が立ち上り、冷気のなかに消えていく。息をするたび、視界がぼんやりとする。人生もこのようなもので、知覚できないほどかすかな呼吸が、宇宙の騒音のなかに消えてゆくのだろうとRは想像する。

右手で、棗の蓋に置かれた茶杓を取る。左手で、棗のふくらんだ側面――そこに蠟燭の炎の揺らめきが映っている――を取る。棗の蓋を取り、畳の上の茶碗の右側に置く。棗の暗い井戸の奥にある抹茶は、よどんだ水たまりのような光を放っている。茶杓の湾曲した先端で、抹茶の表面をそっと、ごく小さな円錐形にすくい取り、茶碗の底に落とす。この動作をもう一度繰り返し、それから茶杓で茶碗の縁を軽く打ち、抹茶の残りを落とす。象徴的でわずかな動きなので、何の音もしない。

それからまた棗の蓋を取り、絵柄を合わせるようにして蓋を閉める。茶杓をずっと持っている右手は、腰につけたままで、それは両手が交差して見苦しく見えないためなのだ。棗を元の場所、茶碗の左側に戻し、茶杓をその上に置く。

両手の握りこぶしは、腰につけた位置に戻る。

新たにわずかの間をおく。右手で柄杓を取って釜の湯を汲んで茶碗に入れる所作は、すべての動きが曲線で、完璧で、数学のように厳密で優雅だ。茶碗に、湯の半分を丁寧に注ぐと、抹茶はゆっくり楕円を描いて混ざり合う。残りの湯を釜に戻し、それから柄杓を、合《ごう》を釜の縁にかけて置き、柄杓の柄は畳に置く。

茶碗を左の手のひらで包むようにして、右手で茶筅を取り、素早く、そして柔軟に抹茶を点てていく。少しずつ、ごく小さなあぶくの泡が形成され、抹茶と湯が混ざっていく。泡が溢れ出たときの、火山の奥のマグマのようだ。乳濁液が充分に厚く、均質になったと判断すると、ゆっくり「の」の字を書くようにして茶筅を抜き、元の位置に戻す。

このとき正客がいれば、Rは茶碗を回し、茶碗の正面を客のほうに向け、客の前に置いただろう。客には菓子を出す。菓子盆には、冬の穏やかな悲しさと調和する干菓子が選ばれていただろう。菓子は、茶室の光、茶碗の肌合いと調和が取れるよう、念入りに選ばれるのだ。

客は茶碗を取って左の手のひらにのせ、時計回りに二回まわし、茶を、数回に分けて飲む。

それから客は、しばし茶碗を眺め、茶碗の産地や、それを作った陶工について質問する。Rは慎み深く、質問に答える。

もしRが、その前の週の日曜日、刑事の田中が家に来ることを知っていたら、田中のためにお茶を点てただろう。

Rはずっとそう願っていた。田中がRと鬼ごっこをはじめて以来ずっと……。

しかし、その夜、Rはひとりだった。そこでRは茶碗を左の手のひらにのせ、二回まわした。茶碗を胸の高さまで上げ、それをじっくり見つめた。もしRが客だったらおそらく礼儀に反するほどじっくりと。

その茶碗はまさしく完璧な美術作品だった。一見、平凡で無骨に見える茶碗だが、冷めた溶岩のように自然のままの黒が、陶工・六代左入の魂を伝えていた。この茶碗はおよそ二百五十年前のものだ。日本の激動の歴史を、わずかなひびも傷もなく乗り越えてきた。Rにこれを売った骨董屋によれば、裏千家八代・又玄斎《ゆうげんさい》もこの茶碗に口をつけたという。

魂にふれるこうしたシンプルな価値ある作品を見ると、いつも同じ感動を覚えた。こうした作品の慎み深さは、人間の儚さ、脆さ、不完全さを思い起こさせるためにあるのだ、と。

Rは茶碗を口に運び、ひと口飲んだ。二口、三口、それぞれ間をあけて。茶の温度はちょうどよかった。泡は滑らかだ。茶の苦さとバランスをとるための菓子を食べていなかったので、苦みが口いっぱいに広がった。

茶碗を目の前に置いた。少し前屈みになり、両手は腿に置いたまま、茶碗を近くで見た。残った泡がゆっくり底に向かって、潮のように引いていった。最後の泡が消えると、泥土を含んだ小さな池のようになった。Rはそのまま、かなり長いあいだ瞑想しているかのように動かなかった。

突然、Rは茶碗を摑み、顔の高さまで持ち上げ、壁に向けて投げつけた。それは、雷鳴のような激音を立てて砕け、畳の上に飛び散った。緑色の汚点、吐き捨てられた唾のような、永遠の非難のような汚点が、荒壁土を汚した。大きな破片が畳の上でしばし揺れ動いていたが、やがてそれもやみ、すべてが沈黙に戻った。

Rは利休の行為を真似たのだった。利休は、関白豊臣秀吉に切腹を命ぜられたとき、最後の茶会の終わりに、自分が使った茶碗をこう言いながら割った。「この不運な者の口で汚れたこの茶碗が、二度と使われぬことを」

ブルドーザーであれ、何であれ、どうでもよかった。Rは旅の終着点に辿りついた。

26 一九六九年七月

京都への逃避行以来、真理子とRは頻繁に会うようになった。

ふたりでいるところを誰か知り合いに見られないように、真理子は実に用心深く配慮した。待ち合わせは思いがけない場所だった。暇つぶしの客しかいない、くだらない映画を何時間も上映している昼下がりの映画館、袋小路の奥の安食堂。そして互いに愛に飢えたときには、真理子が偽名を使ってホテルの一室を予約した。フェヤーモントホテル、東京ステーションホテル、あるいは神田の山の上ホテル。ここは、アイデアの浮かばない作家や原稿が遅れているジャーナリストが缶詰になるホテルでもあった。午後のはじめ、いつも真理子が先に到着し、Rの会社に電話して部屋の番号を知らせる。そこでRが目立たぬように彼女に会いにゆく。帰りはRが最初に出た。少し遅れて真理子が部屋を出て、現金で支払いをする。その後、愛による空腹を満たすため、合流して食事をした。

最初のうちは、可能な限り長く一緒にいるための策略を面白いと思っていたが、Rはやがてこのルーチンに飽きてきた。六月に完成したばかりの茶室の茶室扱《ひら》きを真理子に頼んだが、この重責を果たすには経験が足りないと真理子は断った。新しい茶室の炉にはじめて火を入れる真理子の姿をRは夢見ていたのだが。Rと会うために真理子が策略を巡らせるのは、揺るぎない愛の証しだとわかってはいたが、将来について真理子は何を望んでいるのだろうかと考えるようになっていた。

ある七月の夜、ふたりはロジェ・ヴァディム監督の映画『獲物の分け前』(原題 La Curée)を見に名画座へ出かけた。猥褻と判断された場面が削除されたのち、日本で公開されたものだ。検閲にかかわらず、若い男とその義理の母親との危険な関係は官能的で、ふたりは大いに刺激を受けた。見終わって屋上駐車場に停めた車へと着いたとき、土砂降りの雨が降り始めた。駐車場にはRの車一台があるだけだった。

「わたくしを抱いて」

真理子は言った。「車のなかで?」

「帰らなければ、と言っていたじゃないですか。僕の家に行きましょう」

「だめ。あなたが欲しいの。この映画で官能が目覚めたわ。ここで、今すぐ、あなたが欲しい!」

普段は羞恥心が強く——ふたりきりの親密な場面においてさえ——節度のある真理子が、これほどまでに荒れ狂っていることにRは驚いた。

「用心しないと。警備員が来るかもしれないし」

「こんな時間に？　そんなはずはないわ」

激しい雨のため、フロントガラスは曇っていた。台風が近づいていたのだ。真理子はRのズボンのホックをはずした。真理子はプリーツスカートをたくしあげ、パンティを脱ぎ、Rに馬乗りになり、顔にキスを浴びせた。これほどまで興奮した真理子をRは見たことがなかった。Rの緊張もほぐれ、真理子の愛撫に応えた。

重要な瞬間、Rが引き抜こうとしたとき、真理子がさらにきつく彼に抱きついた。

「だめ」

と彼女は言い、Rが彼女のなかに放出したとき、長く痙攣した。

真理子は、ふたりの呼吸が静まったあともずっとRにしがみついていた。彼女の頭は彼の肩の上に置かれていた。

「子どもができたかもしれないわね」

真理子はささやいた。

Rは真理子をさらに強く抱きしめ、何も答えなかった。

「もしそうだったら、どうなさる？」

「すぐに結婚しますよ。役所に届けを出しに行きましょう」

「本当?」

「どんなことがあろうと、僕はあなたと結婚します。真理子さん。もしお望みなら明日にでも」

真理子はため息をついた。

「そんなに簡単だったらどんなにいいか」

「あなたは未成年じゃない。ここは民主主義の国です。もしあなたが結婚を望むなら、そんなに面倒なことではないはずだ」

「わたくしの願いなど、どうでもいいんです。大事なのは両親の意志なんです」

「でもそれだったら、僕たちはどうして一緒にいるんです? あなたにとって、僕は何なのか? あなたにとって家族のほうが僕たちの愛より重要だとしたら、僕は何なのですか?」

「あなたは、わたくしにとって初めての人なのです。わたくしがあなたに捧げた愛は、両親さえ妨げることはできない。それは両親に対してわたくしができた、たったひとつの裏切りだったのです」

「僕らは何だってできます。誰の合意がなくても結婚できるし、子どもをつくることもできる。誰もどうすることもできない」

「そんなことが知られたら、お腹から子どもを取り出されますわ！」

Rは真理子の顔を両手でつつみ、少し遠ざけて、真理子の目を見つめた。そこから読み取ったものは、彼をぞっとさせた。

「まさか、冗談でしょう」

「両親のことを知れば、冗談ではないとおわかりになるわ。家の名誉を守るためには何でもできる人たちなの」

「でもご両親はあなたを愛しているでしょう。どんな親も子どもが可愛いものです。結局のところ、親が望むのは子どもの幸せです。あなたが幸せになることを、ご両親が拒むことはできない」

「ええ、わたくしに対する愛情はありますわ。でも家の名のほうが大事なのです」

「ご両親に会わせてください。僕から話してみます」

「それはできないわ。こうして会い続けたいのなら、わたくしたちの関係が両親に知られてはいけないのです」

真理子は抱擁を解き、自分のシートに戻り、服を着た。

「和服に比べて洋服のいいところは、堂々と家に帰れることね！　スカートがしわくちゃになっていても、着物が着崩れていたり帯が曲がっているより、言い訳が簡単だわ」

彼女は悲しそうに冗談を言った。「家まで送ってくださる？」

ふたりは、百貨店の前の安全な場所に着くまで、ひと言も話さなかった。この中間地帯《ノーマンズランド》で、Rはしぶしぶ真理子を降ろした。

自宅に帰るとRは、次のデートの日を決めずに別れたことに気づいた。京都以来、そんなことは初めてだった。真理子が両親と住む家のドアにベルを鳴らしにいく以外は、彼女と連絡をとる手段はなかった。Rは途方にくれた。

夜も眠れず、不安が増すなかで二日間を過ごした。仕事で二、三のミスを犯した。計算違いから数万ドルの損失を出し、しばらくのあいだ出費を抑えざるを得なくなった。すぐに鎌倉の骨董屋に電話し、取り置いてもらっていた尾上釜《おのえがま》の購入をキャンセルした。花火大会のときに真理子と一緒に取りにいくつもりだったものだ。真理子の麻の着物姿も楽しみにしていたのだが。

「Rさん、急ぎませんよ」

骨董屋は言った。

「あなたのために取っておきますから」

三日後、ようやく真理子から連絡があった。Rはひどく不安な状態で、家で待ちくたびれるよりもましと事務所でうろうろ歩き回っていたところに、電話がきた。連絡をしなかったことへ何も説明はなく、Rが何か言う前に、真理子は明日の午前中は空いているかと訊いた。大塚の護国寺で十時に待ち合わせしたいと言った。

「サプライズよ！」

真理子の声は明るかった。

真理子が待ち合わせに指定した緑色の瓦屋根が立派な本堂の前に着いたときには、すでに暑く、本堂に続く敷石の道に当たる光はまばゆい白さを放っていた。いつもどおりRが先に着いた。真理子は決して遅刻することはないけれど、時間より早く着くこともないのはわかっていたが、今日は真理子に会いたくて待ちきれなかった。

Rは靴を脱いで靴箱に入れ、階段を上り、本堂の廂の下の日陰にいた。パナマ帽をとり、額の汗をぬぐい、ポケットから扇子を出した。庭園の紅葉にいる蟬が、我慢のならない鋭い声で鳴いていた。蟬たちは突然鳴きやむと、数秒後に一層大声で鳴くのだった。本堂の障子戸の内側では、木魚を叩く鈍い音がリズムを刻み、経が唱えられていた。

真理子が通りの先に到着したのが見えた。日傘をさし、見たことのない着物を着ていたが、すぐに真理子だとわかった。あたかも彼女から、Rだけが感知できる波動がでているかのようだった。真理子は歩くというよりは、足袋で波のように進んで来た。その歩みに合わせて着物の袖が、揺れている。

本堂の階段の下に着くと、履物を脱ぐために振り返った。亜麻色に明るい色の細い縦縞の入った芭蕉布《ばしょうふ》の着物を着ていた。錆色の帯の結び目が腰の上にあり、ヒップの形を控えめに強調していた。

Rはその輪郭線を想像した。今やRは真理子のからだをすべて暗記していた。それほど何度も指先と唇で曲線を駆け巡ったのだった。

日傘をさしていたので、真理子はRにまだ気づいていなかった。入り口に着いて傘を閉じたとき、ようやく彼の存在に気がついた。

「もうおいででしたのね、わたくしが来るのを見ていらしたの?」

「あなたが門を入ったときからずっと見ていました。どうやっていらっしゃったのですか?」

「運転手と」

「ここに来ることには驚かれませんでしたか?」

「ちっとも。運転手もよくわかっていますから」

びっくりした様子のRを見て、真理子は茶目っ気たっぷりに笑った。

「ご心配なく。あなたと会うことは運転手には言っておりませんから。先にお参りしてきていいかしら?」

真理子は本堂のなかに入り、しばらくのあいだ、そこにいた。

「さあ、ついてきて」

出てくると真理子は言った。

ふたりは本堂に沿って日陰になった小道を、寺の庭園を囲む壁沿いに進んだ。道幅は狭く、Rは真理子の後についていった。蟬をはじめ、日本中の昆虫がここに集まり、心ゆくまで鳴いているようだった。

「子どものころは、よく秋にここを訪れて、道のイチョウの木から落ちる銀杏を拾ったわ」

「真理子さん、なぜここに来たのか、そろそろ教えてもらえませんか?」

「もう少し待って。せっかちなフランス人さん!」

真理子は笑いながら答えた。

通路の先まで行くと、墓の間隔が広がった。低い石垣に囲まれた墓や、貴重な石、色のついた御影石や光沢のある黒大理石に刻まれた墓碑もあった。

「ここは、空襲の被害を受けなかった数少ないお寺のひとつなの。一六八一年に五代将軍の徳川綱吉が建てたお寺で歴史があるのよ。歴史上の人物が眠っているわ。三条実美、大隈重信、山田顕義……、さあ、こちらよ」

真理子はそう言いながら、Rの手を引いた。


真理子はRを、先ほどよりさらに狭い道へと導いた。その先にひときわ区画の大きな墓が現れた。石塔を配した中央に重厚な墓碑があり、かたわらの墓誌にはびっしりと名前が刻まれている。その一つを指して真理子は言った。

「わたくしのひいおじいさまよ」

真理子は墓の前で一礼した。「あなたのことを家族に紹介できないから、ご先祖さまに紹介することにしましたの」

「胸がいっぱいです、真理子さん。この上ない名誉です」

Rは感動して、一礼しながら答えた。

「お墓にかけるお水を取りにいってきます」


ひとり残されたRは、石碑の下に彫られた文字のほうに身をかがめた。

「この方は……」

Rはこの明治時代の重要人物の名を知っていた。

真理子が、水の入った桶と柄杓を手に戻ってきた。ハンドバッグから線香二束とマッチを出した。真理子は墓石に水をかけ、線香立てを空にし、火をつけた線香を立て、柄杓を使って墓石のてっぺんに残りの水をかけ、それから合掌した。Rも真理子をまねて合掌した。

「おじいさま。わたくしの愛する男性を紹介します。フランス人です。完璧な日本語を話されるのよ。おじいさまと同じように、茶道に夢中なんです。おじいさまは二十歳で渡欧なさったから、おじいさまが彼のことを守ってくださったとわたくしは確信しています」

「おじいさまがどんな方かは知っていましたが、茶道がお好きだったことは知りませんでした」

「六十五歳で引退してから九十五歳で亡くなるまでずっと。京都や鎌倉の家にも茶室がありました」

「真理子さんのご先祖については斎藤先生のお弟子さんたちから聞いていました。でも、それは氷山の一角でした」

「お札の肖像とか。それは、父方のひいおじいさま。このおじいさまは母方にあたります。なぜかわからないけれど、わたくしにはこちらのおじいさまのほうが親しみがあるの。謙虚で他人思いの方だったそうよ。それだから、こちらのおじいさまにあなたを紹介したくて……さて、わたくしはもう行かなくちゃ。運転手が待っているから」

「僕はもう少しここに残ります。日傘をさしたあなたの姿《シルエット》が遠ざかっていくのを見送ります」

「そんなことして悲しくなられませんの?」

「もちろん。でも悲しみがあるということは、同時に嬉しいことでもあるのです。苦しみがどんなものであれ、あなたがその原因であるならば!」

真理子はRに近づき、Rの頬に一瞬キスした。

ふたりは本堂に戻った。別れる前に、真理子は青いリボンで結んだ巻紙を差し出した。

「わたくしたちの秋の予定よ」


真理子は、参道を日傘をさして足早に去っていった。Rはじっと、このうっとりするような光景を見つめていた。門のところで真理子は振り返り、軽く会釈した。

真理子から手渡された、筆で書かれた巻物を広げてみると、Rとのデートの予定の数々、魅力的な小旅行もいくつか計画されていた。新たに、真理子はふたりの関係を加速させた。

こんどはRが心弾ませながら参道を進んだ。帽子をかぶり、扇子をあおぎながら。

27

一九六九年十月

恋人たちは至福の状態で世界から孤立する。ふたりは夏をそうして過ごした。

Rは真理子のためだけに生きていた。仕事は可能な限り手早く、効率的にこなした。生活費は稼がねばならない、そうすることで最良のかたちで真理子と関わることができる。一種の好循環が機能していた。愛のおかげでRは無敵になり、有能だった。事務所はかつてないほどうまくいっていた。時折、事務所に立ち寄る前任者のロビーも驚くほどだった。

斎藤先生の稽古も同様で、Rはめざましく進歩した。所作は美しく流れるようで無駄がなかった。しかし、動きが自然につながるようになったものの、Rにはまだ頑張りすぎるところがあった。斎藤先生によれば、Rの茶への熱意はあからさますぎて、場の緊張感を無駄に高めてしまうということだった。茶道のすべてが節度の問題なのだ、先生は繰り返し説明した。熱に浮かされるような興奮は茶道とは無縁だ。謙遜、慎み、平易、平和の姿勢で、座禅のように、心と魂が共生すべきである。Rの態度には、高慢さや探究心がありすぎるのだった。

「このことは覚えておいてくださいね」

ある晩、稽古のあと、先生はRを別室に呼んで言った。「茶道は、今の一瞬を生きる芸術なんです。そのためには謙虚な気持ちで、取り巻くすべてのものに感謝し、平静な気持ちで精神の再生に向かわねばなりません。Rさん、上手に隠しているけれど、あなたの心はさまよっています。来ないものを待っているようですね。そのせいで熱に浮かされて、忍耐がなく、唐突です」

「それでも、先生……」

先生はRの言葉をさえぎった。

「あなたが何をおっしゃりたいか、わかります。たしかに、あなたは茶道の規則を覚えて、流れにしたがってお点前ができている。ええ、そのことは見ればわかります。私の役割は、目に見えることを修得できたら、今度は目に見えないことを掘り下げ、心を動揺させる声を静めて、生徒たちが内面の深い沈黙のなかで茶道ができるようにすることなのです。お茶を点てる際の、ごく些細な音で彩られた静けさ、着物の布の擦れる音、釜の湯の沸き立つ音、茶を点てるときの泡立つ音。こうして人は、存在の儚さを知り、この人生は過渡的なものでしかなく、不完全で、常に宇宙の大騒音によって乱されているものだと理解するのです」

「先生のおっしゃることはよくわかります」

「あなたには、論理による知的な段階を乗り越えてほしいのです。あなたの探究が成就するために乗り越えるべき壁《バリア》です」

「僕はビジネスマンですし、おまけに外国人です。大きなハンディキャップが二つもある」

「そんなの言い訳ですよ。私は、目の前の正座しているフランス人男性に話しているのではありません。そしてただの日本人女性があなたに話しているのでもありません。私たちは肉も血も、心臓も肺も内臓も、細胞もあるひとりの人間であり、構成しているものはすべて同じです。互いに壁をつくって、自分たちは違っているのだと言ってしまうのですか」

「でも、文化的秩序による抵抗とか、社会的な振る舞いとか……」

「Rさん、今話しているのは、私たちのくだらない人生、けちくさい現世のことではありませんよ。魂の普遍性の探究について、お話ししているんです。もう一方の現世の不都合については、光永忠春翁の人生を参考になさるといいわ。権力のある人間、大企業のトップでありながら余生を茶道に捧げた方なのはご存じでしょう？」

斎藤先生は、目の端をキラリとさせて付け加えた。

斎藤先生は千里眼なのだろうか？　それとも、Rと真理子との関係を知っているのだろうか？　もしそうなら、どうやってそのことを知ったのだろう、とRは思った。

「改善するよう努めます」

「そういうことではないのよ！　自然、平和、調和、純粋、静寂。この五つの感覚を、あなたの心のなかでひとつにまとめることができるようになりなさい。そして、これらの関係を打ち立てなさい。最後に、茶道の四原則、和敬清寂も大事ですよ。ではRさん、ごきげんよう」

そして、手で、Rに帰るよう合図した。


この会話でRの心は揺らいだ。真理子を愛し、真理子に愛される幸福感がからだじゅうに宿っていたが、ふたりの将来についての不確実さが重くのしかかった。ふたりの関係には本質的なものが欠けていた。到達への確信である。Rは耐えがたい幸福を生きていた。

一方、真理子はRとなるべく長く一緒にいるために奇跡を成し遂げていた。何事も、真理子の手にかかると水のように滑らかにシンプルだった。真理子がふたりの状況を受け入れる――それは諦めでも、放棄でもなかった――段階に達したようにRには感じられた。

運命論の本質とは、おそらく世界の不完全さを受け入れ、それとともに生きることなのだろう。ふたりの愛にも真理子は四つの掟、和敬清寂を適用しているようだった。Rは真理子の心の落ち着き、穏やかさがうらやましかった。

そして、ある日、こうしたことはすべて上手に打ち立てられた正面《ファサード》にすぎず、Rを守り、安心させるためのものだということを理解したのだった。

ふたりは黄褐色に染まったばかりの秋の紅葉を見に、午前中、上野公園に散歩に行った。真理子は裾に紅葉の刺繍を施した着物を着ていた。この光景を楽しむために、Rはあえて真理子の三歩後を歩いていた。時折、真理子はRのほうを振り返り、並んで歩いてほしいと頼んだ。この散歩のあいだに、真理子から引き離されることはどんなことがあっても受け入れられない、ということをあらためて理解した。この確信はしっかりRのうちに定着した。死んだほうがましだ。はじめてRはそう思った。将来的な死が、突然、怖いものではなくなった。真理子のいない人生、真理子とは別の人生を送ることのほうが恐ろしかった。それほど真理子はRの人生そのものとなっていたのだった。

ふたりは東京藝術大学の裏の屋台でそばを食べた。Rはビールを、真理子はほうじ茶を頼んだ。屋台の店主は、これほど上品な若い女性がここで何をしているのだろうかと不思議に思っているようだった。ふたりがこの店にやって来ることに気づくと店主は慌てて汚いベンチに布をかけたのだった。

タクシーで真理子の予約した山の上ホテルへ向かった。Rはホテルに通じる坂の下でタクシーを降りていったん真理子と別れ、坂をゆっくり上っていった。真理子と部屋で会うまでの時間を味わいながら。ずっと彼女に会っていなかったかのように胸を高鳴らせて。毎回、奇跡が起こるのだった。

部屋は、本館の最上階の特別室でそこからは三面の広いガラス窓から東京の街が見下ろせた。オレンジ色の夕陽がカーテン越しに入ってきた。ごみごみした建物の向こう側に深い青い色から薄紫に変わった空が見えた。

真理子の着物は椅子の背に掛けられていたが、Rの服は部屋のあちこちに散らばっていて、激情のほとばしりを証明していた。

今、ふたりは皺になったベッドに放心してくつろいでいた。小さな血のシミがシーツにあった。生理中に愛を交わすことを承諾したのは今回が初めてだった。

Rは真理子から少し離れ、彼女のすらりとしたからだ、ヴィーナスの丘を眺めていた。夕陽がその見事な曲線を虹色に輝かせていた。乳房の小さな先端に夕陽があたっていた。


真理子はRのほうを向いた。

「あなたはこの瞬間を完璧なものだと感じている?」

「もちろんです」

Rは上の空で答えた。

「これを一期一会というのかしら? 斎藤先生がよくおっしゃるように。今この瞬間を大事にしなくては。いつも一回きりなのだから」

「この瞬間はこれからも続きますよ、僕の愛しい人」

「たしかにそうね。でも、同じものじゃない。わたくしたちはこの部屋で、同じ光のなかにいたことはないし、気温ももっと涼しかったり暖かかったり、シーツの皺の具合も同じではないでしょう? わたくしたちが今と同じ幸福に到達できるなんて、誰にも言えないのではないかしら?」

Rは真理子の手をとり、自分の唇に持っていった。

「あなたといる瞬間ひとつひとつが奇跡です。真理子さん。毎回毎回、新たな発見がある」

「でも、一番高い山の頂上に到達したら、もうそれ以上は登っていけないわ」

「僕らが登るべき峠《コル》はたくさんあるから、一生かけても時間は足りませんよ！」

「わたくしが夢見ているのはね、すべてがあまりに完璧で、もうほかに何も望まないような瞬間」

一筋の涙が彼女の頬を伝い、Rは狼狽《ろうばい》した。真理子の悲しみは唐突だった。真理子に両腕をまわした。

「Rさん、私を愛して。お願い、私を抱いて！」

そう言うと、からだを開いた。

そして、セックスのあいだずっと、真理子はささやいていた。あなた、あなた、あなたと。


真理子に腕をまわしたまま、Rはうとうとした。目が覚めると、夕陽が沈んでいた。真理子は枕元のランプをつけ、ぼんやり天井を眺めていた。Rが目を開けたことに気づき、彼のほうを向いた。

「もしわたくしがあなたの人生から消えたとしたら、あなたは死んでしまうと思う？」

この質問がぼうっとした頭に届くまでには少し時間がかかった。Rは頬杖をついて、ライトに照らされた真理子の顔をよく見た。

「どうして、そんなことを聞くんですか？　僕と別れようとでも思っているんですか？」

「ちがいますわ。もしわたくしが消えたとしたらって言ったでしょ」

「なぜ、消えたいなんて思うのですか？」

Rは突然、不安に駆られた。

「誰だって、急にこの世から消えてしまうことがありえるわ。事故や、急な病気や、列車にひかれるとか、急な精神錯乱とか、たんに些細な出来事で……。人生ってそういうものでしょう？」

Rは黙った。答えたくなかった。真理子のいない世界を考えることすら拒否した。このようにひとりの人に完全に依存している状態は、自身を怖がらせると同時に高揚させてもいた。

「わたくしならきっと死ぬわ。もしあなたがわたくしから離れたら、すぐに死ぬわ」

真理子はからだを後ろに投げ出して、死ぬ素振りをした。

「もういい、真理子さん。この話はやめませんか？　馬鹿げています。あなたの醜い姿をわざと見せようとしないでください。あなたは醜くなんてならないのですから」

真理子は目を開け、この上なく魅力的に微笑んだ。

「このおしゃべりは馬鹿げてはいないけれど、でもあなたのおっしゃるとおり、何か起きたときに考えればいいわね」

「そんなことが起きないよう、僕はずっと見張っています」

「それは傲慢だわ。神様がこの会話を聞いたら、腹を立てるわ」

「神様に許しを請わなくては……」

「そう。わたくし、ひいおじいさまに守ってくださるよう、またお願いに行かなくちゃ」

真理子はいつもの陽気さを取り戻した。

「プレゼントを用意してきたのよ」

真理子は急に話題を変えた。


真理子は横向きになって、ナイトテーブルに置いた品をとった。Rは、ふたつのくぼみのある彼女の細長い背中を見ていた。先ほどの怒りは忘れて手を伸ばし、彼女の腰のカーブに這わせた。自分の手が、美しい丘の稜線の上を飛ぶ鳥であると想像しながら。真理子は八角形の漆塗りの箱をRに手渡した。

「開けて」

箱のなかにはシルクの小袋が入っており、袋には雲の上を飛ぶツバメが刺繡されていた。Rがその袋を開けると、折り紙のように丁寧に畳んだ包みがあった。

「これも開けますか?」

「いいえ、そのままにしておいて。なかには、私の髪の毛が一房と、手足の爪が入っています。江戸時代、吉原の遊女は、これを自分の選んだ恋人に愛の証しとして贈ったの」

「真理子さん、あなたは遊女なんかじゃない!」

「わたくしは良家の子女だったけれど、あなたが遊女に変えました。わたくしはあなたの遊女だから、生理のあいだにもセックスすることを受け入れました。あなたの遊女だから、さっきはあなたに馬乗りになったし、あなたの精液を口で受けましたし、その精液には、わたくしが身を離した際にあなたの胸に落ちた血が混じっていました。わたくしはあなたに夢中だから、あなたの尿で喉の渇きを潤すこともできるし、あなたの排泄物を味わうこともできるでしょう。これが、髪の毛や爪よりも大きな愛の証しではないかしら。あなたはこういうことおできになる?」

「真理子さん、なんて突拍子もないことを訊くんですか?」

彼女はもう一度Rに聞いた。

「この質問に答えて。ねえ、あなたは本当にできるの?」

Rは一瞬考えた。

「ええ、できると思います。あなたから出るものは、汚いとは思いません」

「じゃあ、とりあえず、あなたの遊女があなたに持って来たこのささやかな愛の証しを受け取ってくださいね。この箱をずっとあなたの近くに置いておいてくださったら嬉しいわ」

「どこに行くときも持っていきます」

「そうね、小指の先を切って、なかに入れればよかったわ……」

「それはヤクザのすることでしょう!」

「そうでもないわ。幕末から明治までは、馬鹿げた賭けに夢中になる女性たちが京都にいたのよ。自分の愛がほかの誰よりも激しいことを証明しようとして、芸者たちが競い合ったの。そこで、指を切ることを思いついた女たちもいた。指骨に刃を当て、上から重い石で打った。あるとき、あまりに強くぶつけたので、指が、開いていた障子から外に飛んでいって、探しても見つからなかったそうよ。それで、その女はもう一回、さらに指骨を切ったのですって」

「あなたがた日本人は野蛮なんですね」

「あなたへの愛を証明するために、わたくしがそうすることをあなたはお望みにはならないの?」

「僕は、完全なままのあなたのほうがいい。でも、どうしてもと言うのならそうしてあげる」

Rは真理子の手をとると、指を軽くかんでみた。真理子は小さな声をあげながら、なすがままになっていたが、突然、まじめな声でRの耳元にささやいた。

「もし、いつの日か、わたくしたちの意思に反して別れなければならなくなったら、あなたなしに生きることの苦しみから免れるよう、わたくしを殺すと約束してくださいね」

28
一九六九年十一月

真理子がRに渡したリストにあるデートの約束はすべて果たされた。日付も、場所も、時間も予定どおりに。

真理子の偏執的なこだわりには、悪魔的な、ぞっとするようなところがあり、即興的な空白は少しもなかった。ある日、Rがこのことを話題にしたとき、真理子はRに言った。即興は、ふたりの関係を危険に陥れるのだ、と。ふたりのささやかな行動の裏に、真理子の両親や周囲の人々に疑われないための念入りな準備があった。

嘘や欺き、作り話、真理子は想像しうるあらゆる策略をつかった。彼女の公的な生活とRとの関係のあいだに、ほかの誰も入りこめない厳密な中間地帯《ノーマンズランド》を維持していた。

Rはそれに従っていた。快く、ではないにしても諦めから。というのも少しでも漏洩すればふたりに別れがくることはわかっていたので。日本という国に深く関わった先祖をもつこの一族の力を過小評価してはいなかった。外国人という自分の立場がどれほど不安定なものか、よくわかっていた。日本人の丁重さや親切さは、外国人だからと大目に見られているからであった。ちょっとした厄介事があればRのビザは無効になり、国外追放され、一生好ましからぬ人物になってしまうことは容易に想像できた。これは日本のような島国の、無視できない利点のひとつだった。国境は堅固なのだ。

この苦しい状況を確認する出来事は、斎藤先生と話しているときに起きた。十一月はじめの月曜日だった。稽古のあとで、先生はRに話したいことがあると合図した。それは彼にはひどく迷惑なことだった。真理子と、東京カテドラル聖マリア大聖堂裏のレストランで会うことになっていたので、師匠からの呼び出しには従わなければならないとわかってはいたものの、あやうく断りそうになった。真理子はレストランで待っていると目配せし、先に出ていった。

斎藤先生は、いつもと違い、帰宅する弟子たちの喧噪から離れた部屋に来るようRに言った。Rが入ると、襖を閉めるよう合図をし、先生の正面の座布団に座るようにうながした。先生は、晩秋にもかかわらず扇子を顔の前で動かしていた。

「Rさん、おやめなさい」

Rは意味を取り違えた。

「先生にお稽古をやめさせられるほど、僕はどうしようもないですか？」

先生はいらだって扇子をもっと動かした。

「そのことではありません。数カ月前にお話しした悪い癖を除けばあなたは進歩していま す。それとは別に、私がお伝えしたいことは、あなたもよくおわかりのはずです」

Rは否定した。しかし彼の自信は揺らぎ始めた。

着物で首が短く見える、この洞察力のある女性は真理子との関係に気づいている、と確信した。

「あなたには失望しました。日本の慣例や習慣をよくご存じだと思っていました。遠回しな言い方でおわかりになるはずのことを説明しなければならないというのはなんて無礼な……」

「無作法をどうかお許しください。でも、無礼でいるしかないのです。先生がなぜ僕をやめさせようとするのか、わからなくて」

「私が事実を言ったら、あなたの面目は保てなくなるとお考えなのでしょう？」

「ええ、でも面目をなくすようなことはありませんが」

「もういいわ。光永さんとのお付き合いをおやめなさい」

「光永さんと付き合う？　光永さんと会うのはここだけですし、ほとんど話もしていません」

「私にはっきり言わせたばかりか、私のことを何も知らない鈍感だと思っているの？　Rさん。稽古のとき以外にもあなたが光永さんと会っていることはよく存じていますよ。単に会うだけでないことも。あなたを臆病な人だと思っているのは、お人好しのお弟子さんと助手たちだけですよ」

　Rは一瞬、目を下げた。斎藤先生は諭すように言葉を続けた。

「あなたはそうは思わないでしょうけれど、私はひとりの友人としてあなたに話しています。あなたがたおふたりが真摯な気持ちでいることはわかっています。この恋愛が単なる一時の情熱ではないことも、おふたりを見てよくわかっています。でも、あなたには選択肢はありません。あなたが主導権《イニシアティブ》をとって光永さんとお別れなさい。彼女のために、彼女の名誉のために、そしてあなた自身のためにも光永さんとお付き合いするのはやめるべきです！」

　否定しつづけることもできただろうが、それは目の前にいる女性を侮辱することになりそうだった。斎藤先生のご好意には、心からの誠実さで応えるべきものだった。

「先生がおっしゃることは、僕にはできません」

「不可能に思えることを実現させるところに人間の偉大さはあるのです。広い心をもって、しっかり行動すれば、きっとあなたの人生はいい方向に向かいます。この島国を離れて、遠くに行きなさい。Rさん、日本は残酷な国です。どんな違いも認めません。だから、逃げるのです。手遅れになる前に」

「先生がこんなことを私に勧めるのですか。サムライの名家の出で、後退しないことがモットーなのに？」

「あなたの恋はすぐに壁に突き当たるでしょう。逃げることは、後退することとは限りません。降伏するには時として、多くの勇気が必要です」

「そんな勇気は僕にはありません。僕にあるのは、自分のした行為に立ち向かう勇気だけです」

「それは自分勝手《エゴイスト》な態度だわ。あなたは日本人の利他主義を学んだものと思っていました」

「彼女とは別れません。そんなことをしたら、彼女は死んでしまうでしょうし、僕も同じです」

「Rさん、あなたの行く先には大きな苦しみが待っているわ。そして光永さんは、あなたがどう思おうとも、あなた以上に苦しむことになる。さあもう、お引き取りください。私が本当に立腹する前に」

Rは畳に頭を擦りつけるように礼をした。

「先生を不愉快な気分にさせてしまったことを、どうかお許しください」

「私は不愉快な思いをしているのではありませんよ、悲しみを感じているのです。深い悲しみを……」


Rは待ち合わせの場所へ急いだ。真理子は、フレンチレストランに改装された古い一軒家の、窓側の奥の小さなテーブル席で待っていた。テーブルに置かれた蠟燭が、彼女の顔を照らしていた。この魅力的な光景に、Rの不安は消えた。

「真理子さん、遅くなって申し訳ない。斎藤先生に引き止められてしまって」

「あなたの上達に関して、なにか新しいことをおっしゃっていらしたのかしら？」

「先生のお話はそのことではありませんでした」

「あら、そうなの？　ほかにあなたに話すことなんてあるのかしら。それもこんなに長く引き止めるほど」

「先生は、僕たちのことを話されたのです」

「わたくしたちのこと？」

「あなたと僕について。僕らの関係について」

「先生は何を知っていらしたの？」

「思っていた以上に詳しかったです。今夜、真理子さんは何か先生に話しましたか?」

「そんなはずないじゃありませんか! 先生は本当に鋭い方だわ」

「困りましたね。先生からご両親にお話しになるかもしれない」

「先生はなさらないわ。そんなことは考えられない。それに、わたくしたちが知り合ったのは、少しは先生のせいでもあるわけだし。それだけじゃなくて、先生には面目があるから、秘密をばらしたりはしないでしょう。先生はどなたにもお話しなさらない。それはわたくしたちを裏切ることになるから」

「あなたと別れるよう、先生に言われました。日本を離れろ、と」

真理子は笑った。

「笑いごとじゃありませんよ、真理子さん。先生は真剣でした」

「斎藤先生はいつだって真剣よ。先生があなたになんて言ったか、想像できるわ。真理子さんの名誉を守りなさい。あなたたちふたりが意地になればなるほど、恐ろしい試練へと向かっていくとかなんとか……」

「ついたての陰に隠れて聞いていたのですか?」

「そんな必要ないわ。斎藤先生は良識の声、日本の声なのよ。そして、それは正しい考えなのです」

「じゃあ、真理子さんは先生と同意見なのですか?」

「先生が考えていらっしゃることと？　賛成に決まっているわ。わたくし、日本人ですもの」

「それなら、先生の忠告に同意するのですか？　僕は日本から離れたほうがいいと？」

「ええ。あなたはそうすべきよ。分別のある行動をするなら。でもわたくしはあなたに分別のある行動はしてほしくありません。さあ、注文しましょう。お腹ぺこぺこ。それと、明日から日光に三日間行く予定なのをお忘れじゃないでしょうね。斎藤先生とお話をしたせいであなたの気が変わっていないとよろしいのですけれど」

「変わっていません。あなたから離れたところへはどこにも行きません。僕たちだけが、ふたりを隔てている距離をさらに縮めることができるのです」

「そんなことは不可能だとおわかりにならない？」

29 一九六九年十一月

日光には正午前に着いた。

Rは金谷ホテルのパーキングに車を停めた。東京に比べるとさすがに寒かった。翌日中禅寺湖へ向かう途上の、カーブの多いいろは坂を抜ける間じゅう真理子はおどけて、Rが覚えるまでいろは歌を大声で繰り返した。

「いろはにほへと　ちりぬるを　わか……」

「日本人の集まりで、これを覚えて朗唱したら、大評判になるわ。これが言える外国人はひとりもいないわ！」

「あなたとの結婚をご両親に申し込みに行くときに朗唱いたしましょう。反対も弱まるかもしれません」

真理子はRの手をとり、自分の腹の上に置き、残りの行程のあいだそのままにしていた。日光に向かうジグザグ道を運転するときには不便だったが、Rは手を引っ込めたくはなかった。急なヘアピンカーブを曲がり損ないそうになったときでさえ。

まず、急流を渡るアーチ形の橋を渡り、二荒山《ふたらさん》神社に行った。紅葉の木には羽飾りのような赤茶色の葉がまだ残っていて、緑色の松のなかで目立っていた。真理子は橋の途中で足を止め、景色を眺めた。低い欄干に近づき、危険なほど身を乗り出し、草履のままつま先立ちになった。八メートルほど下では急流がとどろいていた。


「ここから飛び降りたら死んでしまうと思う?」

さらに身を乗り出しながら真理子は言った。「高さが足りないかしら……」

Rは真理子の腕をつかみ、乱暴に後ろに引っ張った。そのため真理子はバランスをくずし、草履が脱げた。Rは真理子を抱きとめた。

「こんなことは絶対にしないでください、真理子さん」

真理子は鈴のように小さく笑った。

「もしわたくしが飛び降りたら、あなたも続いてくださる?」

「あなたはクレイジーだ!」

「答えて! 私の質問に答えて! あなたも飛び降りる?」

「平手打ちに値しますよ、真理子さん」

「だけど質問に答えてくれなかったから、罰としてあなたに噛みつくわよ」

真理子はRの下唇を、自分の上下の歯の間にはさみ、血が出るまで噛んだ。それから傷口を舐めた。

「あなたの血は美味しい。もっと、もっとあなたを噛むわ」

「何をしても構いませんが、僕の目の前で自殺だけはやめて」

Rはつぶやいた。

ふたりは神社への道を進んだ。

「僕は二荒山がそんなに好きじゃないんです」

提灯のある並木を歩いているときRは言った。「金箔や、けばけばしい緑や赤、日本の色じゃない。香港のキャットストリートにある俗っぽいお寺みたいで」

「侘び寂びのほうがお好きなのね。わたくしも……」

それから東照宮へ行き、有名な眠り猫の彫刻や、見ざる聞かざる言わざるの三猿をゆっくり見た。

「見て、日本人を完璧に表しているわ。わたくしたちは真実を聞きたがらず、目の前の現実を見ることを拒み、本心を口にすることはない」

雪が降りはじめた。徐々に激しくなり、参道の敷石を覆った。Rは真理子を廂の下に引き寄せた。真理子は空を見上げ、初めて雪を見た子どものように、雪を口で捉えようとした。

「わたくしの国の雪の味をあなたに教えてあげる」

真理子は口を大きく開けて、なるべくたくさんの雪を集めると、急いでRのもとへ行き、Rに勢いよく抱きついた。もちろん彼女の舌には冷たさしか残っていなかったが、Rは自分の舌でそれを情熱的に温めた。

「どうしてもあなたに、わたくしの口から呼吸してほしいの」

真理子は深く息を吸った。

「お願い！　あなたの肺を、わたくしの肺から吐きだす空気でいっぱいにして！」

真理子は目を閉じ、自分の口をRの口にぴったり付け、ゆっくり息を吐き、かたやRは、真理子が吐きだす息を吸い込んだ。Rは真理子から少し離れ、肺から空気を吐き、真理子が新たに息を吸っているあいだ、息を止めていた。真理子は再び自分の口をRの口に付け、肺の空気をすべてRの肺に吐きだした。

ふたりはこうして、ぴったり抱き合ったまま、時折通る観光客も気にせず、Rの頭がくらくらするまで続けた。

「少なくとも十分間は、あなたはわたくしの吐く息で生きたわ！」

真理子は高揚して言った。

「僕はあなたに殺されそうでしたよ、ゆっくりと、でも確実に……」

「わたくし、殺人罪になるかしら？」

「もちろん。僕の首を絞めたのと同罪です」

「あなたは、首を絞められるほうがいい？　たとえば、あなたが眠っている夜……、あるいはセックスをしているとき、阿部定みたいに……」

「阿部定？」

「性交中に愛人の首を帯で絞めて殺した有名な娼婦の話を知らないの？　それから男性の局部を切り取って、逮捕されるまでの何日か持ち歩いていたのよ。わたくしも同じことができると思うわ。もしあなたがわたくしを捨てようとしたら……」

真理子は頭を反らせて笑った。

「でも、あなたはわたくしから離れないでしょう？」

Rから離れながら真理子は付け加えた。

「絶対に」

「あなたのことを本当に愛しています。これまでこんなに幸せだったことはないわ。でもこの幸福は続かないでしょうね」

真理子の目には涙があふれた。

Rは答えず、真理子を強く抱きしめた。できるかぎり強く、自分の胸にぴったりとつけて。ふたりはしっかり抱き合ったまま、雪の中で、ずっとそのままでいた。

＊＊＊

Rは翌朝、別にとっていた自分の部屋に戻った。金谷ホテルでもほかの場所でも、Rと一緒にいるところを見られることを真理子は望まなかった。ダイニングルームでは、真理子の席からふたつ離れたテーブルで朝食をとり、美しい日本女性を見つめる外国人誰もがそうするように彼女をちらりと見た。真理子は見事に知らないふりをした。

フロントで、いろは坂を上るならタイヤにチェーンをつけたほうがいいと言われ、Rはチェーンを装着しにいった。

それからバス停で真理子をピックアップした。ホテルが車を用意しようとしたが、中禅寺湖行きのバスを待つと真理子は言い張ったのだった。

道路は凍結していて、朝方、除雪車が通ったのにうっすら雪で覆われていた。Rは慎重に運転した。

ふたりは華厳ノ滝の下方に行くエレベーターの駐車場に着いた。ここから観瀑台まで下りていくことができる。観瀑台といっても、滝の正面にある断崖にひっかけたようなデッキだ。ふたりを乗せた簡素なエレベーターは、ガタゴトいいながら観瀑台に通じるトンネルの入り口に下りた。そこで、簡単なフードつきの合羽を渡され、波しぶきで濡れないために着た。観瀑台にはふたりしかいなかった。滝の落下の眺めは衝撃的だった。滝からできたつららが階段の下にぶらさがっていた。Rは真理子に後ろから抱きつき、自分のあごを真理子の肩にのせた。

「子どものときに来たことがあるけれど、怖かったわ」

真理子は言った。「とくに音が！　父が話してくれた、投身自殺した学生の話をよく覚えてるわ。遺書を木の幹に刻んだあとで、滝の上から飛び降りたの」

「藤村操。まだ十六歳だった。今世紀初め」

「ご存じなの？」

「有名な話ですから」

「それ以降ここにカップルが心中しにくるようになったそうよ」

「確実な。効果的な方法ですよね。百メートル近く落ちますから」

「それで断崖への入り口には柵が作られたの。もう飛び降りることはできなくなりました」

「残念なことです！　手首の血管を切るよりもずっとロマンチックだ。日本は魂を失くしてしまった」

真理子は、抱かれたままRのほうを向いた。

「心中って憧れない？　究極の幸福に達して、それを再現することも、超えることもできないとき、平凡な人生を送り続けるより、死んだほうがいいんじゃないかしら？」

「でも、人間の本質は、いつもさらに上がある、と想像できることではありませんか？　ふたりの愛が義務や社会的習慣、禁忌《タブー》とぶつかるときには、心中をする人たちの気持ちを僕も理解できると思いました」

「わたくしたちも、このケースじゃない？」

「ええ、僕たちもそうかもしれません」

「一緒に死ぬのは、美しいことだわ」

夢見るように真理子は言った。

「そのことを考える前に、一緒に生きようとしてみませんか？」

真理子はRから離れた。

「その選択肢があるとはわたくし思わないわ」

そして真理子はエレベーターのほうに向かった。狼狽して棒立ちになったRをひとり残して。

＊＊＊

Rは夕食のとき、真理子の部屋《スイート》で合流した。真理子はルームサービスで量がたっぷりのフルコースを頼んだ。和室の炬燵に料理を並べ、紺色の浴衣姿で正座していた。浴衣には花火を思わせる曲線が銀色に輝いていた。髪はアップにしていた。髪はまだ濡れていた。

「季節はずれなのよ」

浴衣の柄を見せながら真理子は言った。「でも、あなたと一緒にいるとき、わたくしの心はお祭りのような気分なの！」


真理子は、部屋の冷蔵庫から冷たいビールを取り出し、Rのグラスに注いだ。料理を分け合いながら食べた。食事の途中で、真理子は脇に置いてあった盆を引き寄せた。盆には、漆の蓋付き椀と、これも蓋のついた四角い陶製の容器があった。容器の横には小さな木のスプーンがあった。

「Rさん。あなたと出会ってから、正気とは思えない行動をいろいろしてきたけれど、今回が一番だと思うの。限りないわたくしの愛の表出だと思ってくださいね。これまでの人生で一度も、馬鹿げた夢のなかでさえこんなことができるとは自分でも思ってもみなかったわ」

真理子は盆をRの前に押し出し、それぞれの容器の蓋を取った。椀には、琥珀色の温かい汁《スープ》が入っていて、刻んだあさつきが浮かんでいた。アスパラガスの匂いがした。陶製の器には、小豆粒のような丸いペースト状のものが三粒入っていた。少しむっとするような、繊細な、しおれた植物の束のような、漢方薬局のような匂いがした。


「山の上ホテルで、十月にお話ししたことを覚えていらっしゃいます？」

「ええ。もしかしてこれは……？」

「そう。わたくし、異常嗜好かしら？」

「真理子さん、ご存じじゃないかもしれませんが、谷崎潤一郎は、ある小説のなかで、平安時代に、色好みの男が、恋焦がれた待従の君に相手にされず、彼女の排泄物を待女から奪う話を書いています。その匂いを嗅いで恍惚となり、ついには食べてみる。僕もこれから同じことをしましょう。あなたに僕は袖にされてはいませんが」

「知っておいてほしいのですが、たんなる排泄物ではないんです。数日かけて用意しました。尿については、朝食にアスパラガスを食べましたが、その味がするかどうか。あさつきが少し風味をつけてくれるはず。それ以外、あまり味はしないと思います。

それと、香りの強いいくつかのハーブをつかった料理を毎日食べました。倒錯的な男性の集まりの話を聞いたことがあるのですが、女性たちが排便する姿を見て、その成果を味わうのだそうです。女性たちはその前に、野菜とハーブの厳しい食餌療法をするそうです。わたくしもそうしました。でも、お願い。少しでも嫌悪を感じたら、食べないでくださいね」

Rは真理子に微笑みかけた。お椀に口をつけ、ひと口飲んだ。塩味が強く、たしかにアスパラガスの後味がしたが、想像したほどには不快ではなかった。Rはお椀の残り全部を飲んだ。Rが椀を盆に戻すと、真理子は不安そうにRを見つめた。

「大丈夫?」

「もちろん」

「吐き気はしない?」

「まったく。思ったよりも塩辛かったですが」

Rは陶製の器を手に取った。スプーンで中身の小さな玉をすくった。それを口に運んだ。咀嚼する勇気はなく、丸ごと飲み込んだ。

吐き気を催さなかったことに驚いた。もう一粒、さらにもう一粒、飲み込んだ。

「わたくしのことをこれほど愛してくださっているのね」

「もっと、もっと愛しています、真理子さん」

このとき以来、Rは何でもできる心の準備ができた。この若い女性を失わないためなら。

30
一九八六年一月五日から六日の夜

Rは茶碗をひとつ、割ったところだった。多くの美術館が所蔵を夢見る茶碗だった。

しかし心は平然としていた。ただ手が、太腿に置いた手がかすかに震えているのを着物ごしに感じていた。何の感慨もなかった。最後の呼吸をするかのように、両方の肺胞から息を出し切った。深く、ゆっくり息を吸い、最後まで細く長く息を吐くので、胸は完全に動かなかった。

そのまま呼吸が止まれば素晴らしかったろう。そうしたら、Rは崩れるように倒れ、畳には着物の海だけが残り、魂は畳の目を通って、地球のもっとも深いところに沈み、無に到達しただろう。

一本の蠟燭の炎が消え、黒い煙が細い紐のように立ち上った。茶室はより深い闇に包まれた。

茶碗を割ることで、Rは点前に終止符を打った。

これ以降、存在理由は何もない。道具類は畳の上に、むなしく散らばっていた。流された家の残骸のように。

Rはもう、点前のなかで一番得意とする、水指から一杓水を汲んで釜に入れる所作は行わなかった。茶道の精髄がこの短い流れに凝縮しているといつも思っていた。常に自信をもって、心と動きを調和させ、流れるように振る舞っていた。まるで神に見守られているかのように。

しかし、その夜、彼を苦しめているのは悪魔だった。Rは神々に見捨てられていたのだ。ずっと前から。

からだの両脇に、両手の拳をついて、立ち上がろうとする。というより、折り紙で、花や鶴ができ上がるときのように。畳まれていたものが広がる。胸を前に倒し、勢いをつけて腰を前に出し、かかとで体重を支えて立ち上がったとき、関節が音を立てた。

半月窓に向かう。茶筅を踏みつけると、砕けながら音を立てた。Rは気にも留めず窓に近づき、障子を開ける。雪がいっそう激しく降り始めていた。雪片が夜に句読点を打ち、いくつかの雪片は顔の上で溶けた。庭の奥、垣根の向こうでは、街灯が、さらに奥に停めてあるパワーショベルのまわりに陰鬱な光を照らしていた。彼には、出番を待っているこの車しか見えなかった。ブルドーザーは闇に沈み、見えなかった。

躙口に向かう。茶碗の破片にすべての体重をかけて、するどい切り口がもっと深く入るように力をかけた。Rが正座して躙口の戸を開けるとき、血が吹き出て畳を汚した。身をかがめてくぐり、庭に降りる。

手水鉢《ちょうずばち》の表面は、霜に覆われ、雪が積もっていた。足は踝《くるぶし》まで雪に埋もれ、着物の裾を濡らす。

Rは庭の奥まで行き、振りむいた。

茶室は氷河に漂っているように見える。金色がかった練り土の壁が、軒の緑青と対照をなしている。半月窓のむこうに、オレンジ色の蠟燭の炎が揺れている。蠟燭は燃え尽きようとしている。炎の動きに応じて、開いたり閉じたりする瞳をもつ眼のようだ。

非難に満ちた眼、だが何をすることができよう。

茶室が突然、もろく、弱いものに感じられる。寒さのなかで身を縮めた子どものようで、Rはそれを守ってやることもできない。

何ひとつ守れなかった。

彼はその場にかなり長くとどまり、思いに耽っていた。足はしびれ、かかとの傷の痛みはもう感じなかった。寒さが足を伝って、下腹部に達していた。両手はからだに沿ってだらりと垂れていた。雪が髪と両肩に積もっていく。からだは氷の固まりになる。

一瞬、このまま終わりたいという思いに駆られる。ここに横たわり、寒さと夜に身を任せ、氷のようになるのを待つ。全身が雪に包まれるのに、さほど時間はかからないだろう。翌朝には、庭の表面からわずかに盛り上がった、白く小さな山となっているだろう。

毎年、冬になると、隅田川の土手で、ホームレスの日雇い労働者がこうして死んでゆき、夜明けには、通行人は無関心に通り過ぎていく。やがて警察がやってきて、ゴミ袋を収集するのと同じように遺体を回収して最後には火葬場に運ぶ。

しかしRが望むのは、もっと気高い最期だ。両肩の雪を払い、両手を開閉して血を巡らせる。何千本もの針のような痛みが指から伝ってくる。一歩ごとに着物の裾が乱れ、ふらつきながら、ようやく母屋の縁側に達した。霜で白くなった縁側に腰掛ける。着物の布が床に張り付く。雪の表面にかすかに残る乱れた足跡が目に入る。自分の人生の暗喩《メタファー》であるかのように。それも明け方には消えてしまうだろう。

立ち上がって、家に入る。家のなかも外と同じくらい寒い。からだが震えはじめるが、それを抑えられないことを呪う。

茶の間にある仏壇に向かう。座布団に正座し、仏壇の扉を開ける。香炉の両脇にある二本の蠟燭を灯す。燃え尽きた線香の残骸が、小さな黒い虫のように香炉の表面に散っている。線香二本の先端を、蠟燭の火にかざす。Rは日本人がするように、線香の火を手であおいで消した。そして香炉に立てる。火のついた線香の先端から薄青い煙がのぼり、刺激のある香りが広がっていく。

鈴棒をとり、小さな座布団に置かれた鈴を三回打つ。澄んだ音が立ち上り、増幅し、そして弱まりながらも時間を無限に感じさせるささやきとなり、消えてゆくが、頭のなかでそれは響きつづけ、Rは両手を合わせ、目を閉じて祈る。
目を開けると、線香は燃え尽きていた。蠟燭を吹き消す。

蠟燭立ての脇に、不二家ネクターの缶が置かれている。この缶は、真理子がいなくなって以来、ここにある。もちろん、同じ缶ではない。賞味期限が来る前に取り替え、古いものは冷蔵庫で冷やしてから彼が飲んだ。真理子はこの会社の桃ジュースが大好きだった。田中は真理子のこの好みを知っていたのではないか、と自問する。真理子の人生をルーペで見るようにくまなく調べた田中ならば。いや、おそらく知らなかったのだろう。もし知っていたら、田中は真理子と関連づけたはずだ。それでも、なぜそこにこの缶があるのかを田中が尋ねなかったのだろうか、と思った。田中は何ひとつ見逃しはしないのに。同様に、田中は、目の高さの棚に置かれた、八角形の黒い小さな漆器にも気づかないようだった。今から思えば、田中がそれをもっとよく調べようとしなかったのは不思議なことだ。

しかし、もしかしたら、田中はそう思わせているよりもっと狡猾なのではないか？
田中は、真理子とRの関係も直感でわかっていたが、気づかぬふりをしようと決めていたのではないか？

自分の直感が間違っていないことを知りながら、わざと気づかぬふりをしたのか？　田中は、これが解決に通じる道だと知りながら、わざとそれを遠ざけたのだろうか。それを隠すことが、この事件を包んでいる曖昧さや確信のなさを暴くよりも重要だし判断したのだろうか？

そして田中は、みずからの名誉を犠牲にしても真理子の名誉を守り、ひいては自分の国である日本の名誉を守ろうとしたのではないか？

捜査の失敗で、仕事の業績《キャリア》が台無しになることは田中はわかっていたはずだ。真理子が消えてからのRの孤独に遅まきながら気づいたと、一週間前に言いにきたのも、そのせいだったのか？

田中は、この数年ずっと、仮面舞踏会の王者《チャンピオン》だったのではないか？　日本人が得意とする知らぬふりを決めこんで。

そして、この仮面の舞踏では、R自身も達人《エキスパート》になっていたのではないか？

31

一九六九年十一月

日光から帰って二日もたたぬうちに、Rの事務所に、真理子から電話があった。

次の月曜の稽古まで、ふたりが会う予定はなかった。三日間をふたりで過ごすために、真理子は思いつく限りの言い訳を使った。少なからず間を置かなければ、家族からの信頼もたちまち疑念へと頭をもたげる。

「あなたに会わなければならないの。できるかぎり早く」

受話器を取るなり、真理子は言った。

Rは真理子の声に絶望を感じた。

「明日？」

「いいえ、だめよ、今日の午後。山の上ホテルで。三時に行くわ。遅くとも七時までに家に帰らなければならないの。部屋を取っておいて。フロントから電話するから、お部屋の番号を教えてね」

真理子はそれ以上説明せず、電話を切った。あまりの不安に何も手につかず、Rはすぐにホテルに向かった。

手は震え、平静を失っていた。真理子が自分を必要としているときに事故を起こすわけにはいかない。車ではなく地下鉄で出かけようとしたが、これも取りやめた。絶望による投身自殺者のせいで、地下鉄の中で何時間も立ち往生することがままある。タクシーで行くことに決め、以前から目を通さなければならなかった書類の束を鞄に入れ、最初に来た車に飛び乗った。


ホテルのフロントで、空室があるか尋ねると、最上階の部屋が奇跡的に空いていた。部屋に上がったRは、汗をかき、真っ赤な顔をしている自分に気づいて、バルコニーに面した窓と北向きの小窓を大きく開けた。冬の風が入り込んできても汗は引かず、浴室で冷たいシャワーを浴びる。歯の根も合わぬほど震えつつからだを拭き、服を着て、髪をとかす。今度は凍えるようだ。窓を全部閉め、鞄の書類を取り出し、読もうとしたが、二分後にはテーブルに投げ出した。一行も読み進められなかった。

腕時計を見た。一時になったばかりだ。この部屋に閉じ籠もって真理子からの電話を待ち続けろというのか。自分から彼女に連絡を取りたくとも、為す術もないことはよくわかっていた。待つこと以外できなかった。

もしも明日までずっと真理子からの電話がなかったとして、彼女が家族と住む邸宅を訪ね、玄関のドアを叩くほかに、ひとつも手段はない。

階下のバーに行き、時間をつぶすことにした。部屋の不吉な沈黙のなかで最悪のシナリオを思い描いているよりましだ。入り口とフロントの両方が見える席に着き、ウィスキーをダブルで注文した。

Rは頻繁に腕時計を見た。一時間は一分よりたつのが遅いことを忘れてしまったかのように。知らぬ間にグラスは空になっていた。ウィスキーのダブルをもう一杯注文した。アルコールが心を静めてくれることを期待したが、逆に不安が募るばかりだった。ただ、ある瞬間からまわりの音がぼやけ、Rはまどろみ始めた。

姿を見る前に、Rは真理子が来たことを感じた。いつもそれを知らせる前兆の波動に驚かされるのだった。日本大学理工学部の三時のチャイムが鳴り響いたとき、真理子はホテルのロビーに入ってきた。交通渋滞をはじめとする不測の事態にもかかわらず、日本人がなぜこれほど時間に正確なのかRはいつも不思議だった。真理子はもうコートを脱いでいた。彼女もひどい暑さを感じているのだろう、先ほど自分がそうだったように。

真理子は、白い細身のスラックスとロールカラーのセーターに身を包み、エナメルのバレリーナ靴を履いていた。頭にスカーフを巻き、大きなサングラスで視線を隠していた。オードリー・ヘプバーンそっくりなことにRは驚いた。オードリーと同じような、踊るような歩き方、滑らかなシルエット、自然な気品。


Rは立ち上がり、急いでロビーに向かった。真理子がフロントに着くまでに彼女の名前を呼びながら。真理子はUターンしてRの腕にしがみついた。周囲への配慮も忘れて。

「さあ、来て。先日の部屋が取れました」

真理子はRについてきた。手足がばらばらになり、なかの詰め物も空になった人形のような彼女を抱きかかえるようにして階段を上った。Rが部屋のドアを閉めるとすぐに、真理子はRの胸に飛び込み、泣きじゃくった。

「真理子さん、愛しい人。大丈夫ですよ。僕はあなたと一緒にいます」

Rは落ち着かせようと真理子の背中をさすった。

ようやく、真理子の嗚咽は間隔があくようになり、からだの緊張も緩んだ。真理子はR

から離れ、サングラスをはずした。Rはハンカチを差し出した。

「Rさん、ごめんなさい」

彼は真理子の濡れた顔にキスした。

「僕に謝ることはありませんよ。あなたが必要なときには、僕はいつだってあなたと一緒にいることはおわかりでしょう。一体何があったんです?」

「わたくしのことを許すと約束してくださいますか?」

「一体、何をしたんです? 僕の許しを求めるなんて」

「わたくし、あなたに誠実ではありませんでした」

Rは、背筋がぞっとした。

真理子は彼から離れた。

「私、結婚しなくてはならなくなりました」

真理子は小声で言った。

「結婚する?」

「両親と約束していましたの。大学を卒業した後、一年間は自由に過ごす。それから結婚するって」

拳骨で殴られたようだった。Rのからだは苦痛で二つに折れた。両足で自分を支えることができず、椅子を探した。真理子は立ったまま、力なく、両手をだらりとさせていた。手元から落ちたハンドバッグが床に転がっていた。数分がたち、ようやくRはわれに返った。

「じゃあ、僕は何だったんですか？　この一年の自由時間？　ただの遊び？」

「ちがうわ！　神に誓って、ちがいますわ！　そんなふうに考えたことは一度もありません。最初はあなたを愛さないようにと闘ったわ。でも、あなたの心の動きが強すぎて、抗えなかった」

「いつから、その結婚のことを黙っていたのですか？　いつから、その男性と会っていたのですか？　いつから二重生活を送っていたのですか？」

「誰もいません。お見合いです。母の友人が、仲介となり、最初の人選をします。その候補のなかから父が選んだ三人の男性と会わなければならない、と母に言われました。わたくしはぐずぐずして、猶予の一年はまだ終わっていないと反論しました。でも、結婚の日取りは決まっていて、準備は始まっているし、招待客も決まっている、と母に言われました。候補者たちと会うように、わたくしに迫りました。家の面目をつぶすわけにはいかないからです。候補者は全員、名家の子息です」

「お会いになったのですか？」

「ええ、二カ月前に」

「そして二カ月間、僕と一緒に過ごすとき、何も起きてないかのようにしていた……」

「Rさん、わたくしがこの見合いに応じたのは、あなたを失わないための最良の方法だと考えたからです」

「期限を少し先延ばしするために？」

「結婚式の日程は、ずっと前から来年の三月六日の金曜日に決まっています。大安の日」

「結婚式の日取りが、相手を選ぶ前から決まっているのですか？」

「それで、両親はわたくしに、三人の候補者と会うように迫ったのです。日曜日に三週続けて、ホテル・オークラで。銀行員、外交官、そして商社に勤める前途ある社員」

「あなたが選んだ人が商社の男だったら、ひいおじいさんのお気に召すでしょうね。そのひいおじいさんに紹介するために彼を護国寺に連れていったのですか？」

「三人ともお断りしました。どの方も気に入らないと。両親は激怒して、最後通牒を突きつけました。わたくし自身が選ぶか、目の前で両親がくじを引いて決めるかのどちらかだ、と」

「それを行ったのですか？」

「父が今夜、くじを引くことになっています」

「だから、僕に会いたかったのですね？　僕に別れを告げるために？」

真理子はRの向かいに座った。Rに触れようとしなかった。

「私は誰とも結婚したくありません。三人のうちの誰とも。あなただけを愛していますから」

「じゃあ、これからすぐ、ご両親のところに行きましょう」

「そんなことはできませんわ。あなたを追い払うためには両親は何だってするわ。あなたは日本から追い出される」

「僕と一緒に逃げましょう、国外へ」

「パスポートがないわ」

「あなたは打つ手がないと言いたいのですか?」


Rは大きな窓に近づいた。足元がふらついていたが、それはダブルのウィスキーのせいだけではなかった。目の前で、空は愛の色に青く澄んでいた。どこかで聞いた流行歌の言葉がRの頭をよぎった。

いや、愛の色は青ではない。黒だ、不可解な黒だ。

真理子はRの背中にからだをぴたりとつけ、両腕をまわした。

空がふたりの絶望と同じ色になるまで、ふたりは離れなかった。

それから、Rは真理子からゆっくりからだを離し、振り返ることなく立ち去った。

32

一九六九年十一月

Rは呆然と家に帰った。

靴を脱ぐとき、めまいがした。しばらくのあいだ、框に座って休まなければならなかった。

山の上ホテルから逃げ帰るときには、いずれ気持ちも落ち着くだろうと思ったが、よりいっそう深い穴に嵌まっていくばかりだった。

ようやく、少し気を取り直し、寝室に行って着替えた。羽織袴を身に着けて茶室に向かった。檜の香りが漂っていた。蠟燭に火をつけ、水屋に行って、茶を点てるのに必要なものを準備した。

Rはそれを機械的に、無意識に行った。心は虚ろに輝かしい過去と忌まわしい未来のあいだを漂っていた。

点前の一連の動きを成し遂げたが、心が落ち着くことはなかった。

そのままじっと動かず、寒さのなかで正座して、蠟燭がゆらめくのを見るともなく見ていた。目に浮かぶのは真理子の姿、一緒に過ごしたときのあらゆる姿が細部まで浮かんだ。衣擦れの音、顔にあたる太陽の光、Rの指先に残る絹のような肌の感触、声の調子、髪の匂い、涙の味、からだの味。

Rは思い出にとらわれ、自分の人生には追憶しか残っていないことにぞっとした。この苦しみは、真理子を失った苦しみよりいっそう耐え難いものだった。だから彼は、さらに別の苦しみ、即時的で、容赦ない苦しみを求めた。

Rは立ち上がった。急いで道具類を片付け、蠟燭を消し、茶室の戸を閉め、母屋に戻った。

しばらくして、引き出しの奥に、探していたものをようやく見つけた。Rはそれを、風呂場から持ってきた雑巾と一緒に炬燵の上へと並べた。書斎から持ってきた鞄から、書類入れを留めている輪ゴムを取り出した。冷蔵庫から氷をすべて出し、大きなボウルに少量の水とともに入れ、左手を浸けた。十分ほど待つと、冷たさで手の感覚がなくなり、完全に麻痺した。そこでボウルから手を出し、拭いた。歯の間にハンカチを挟んだ。

炬燵の台にタオルを広げ、着物の袖を肘まで上げてから、そこに手首を置いて、手首に輪ゴムを三回巻き付けた。出血を止める止血帯の役割を果たすことを期待していた。

剪定ばさみを手にとり、閂《ストッパー》をはずし、二本のカーブした刃のあいだに、小指の指骨、ちょうど爪の下あたりを挟み、大きく息を吸いながら、歯のあいだのハンカチを顎がくだけるほど噛みしめながら、右手で力のかぎり押し切った。

衝撃的な痛みだった。激痛が指から手へ、腕を通って、肩へと続いた。Rはうめき声をあげたが、その声は噛みしめたハンカチでくぐもり、ハンカチには頬を噛んだ血の混じったよだれが染みた。あえぎながら、血のついた剪定ばさみを落とすと、深紅のしずくが畳に飛び散った。激痛で朦朧《もうろう》としながらも、真新しい畳を汚してしまった、血が畳の目に染み込む前に雑巾で拭かなければと考えていた。

台の上で、血がタオルに広がっていた。中央に、爪の甘皮のアーチのすぐ上で切断された指先があるのが見えた。

「少なくとも、失くさないでよかった」

Rは吐き気がした。周囲がぐるぐると回っているようだった。気を失う前に、切断した指を包帯で巻く時間はあった。


意識が戻り、手のうずくような痛みで目を覚ますと、幻覚ではないかと疑った。

真理子がRの脇に正座して、Rの額に生温かいタオルを当てていた。

「わたくしの愛しい人、なんてことなさったの?」

真理子はささやいた。唇をRのこめかみに優しく置きながら。

33

一九七〇年二月

斎藤先生は前年の十二月中旬、真理子とRが出席しない稽古の最中に、突然亡くなった。脳梗塞だった。

稽古にいた女性がそのときの様子を教えてくれた。厳かな姿が突然に崩れていき、そのまま床の間に倒れ込み、飾ってあった活け花を転倒させた。

葬儀は暮れに行われた。真理子とRは青山葬儀所で行われた葬儀に参列した。真理子の和装の喪服姿は美しかった。きちんとまとめたシニョンの下で、顔はいつもより青白く、はかない陶器のようだった。淡い色の紅が、口の形をそれとなく強調し、かすかなマスカラがアーモンドのような目を強調していた。そこに集った日本の上流社会の洗練された人人のなかで、特別に彼女は輝いていた。ふたりは葬儀の途中まで肩を並べていたが、両親が到着したことがわかると、彼女はそちらへ行った。

Rは遠くから真理子の両親を見た。父親は背が高く堂々として、豊かな白髪をもち、母親は美しく、年齢を超えた気品があった。

この輝かしい両親を見て、この世界から自分を隔てている深淵を理解した。

＊＊＊

新たな稽古の責任者、斎藤先生の助手をしていた女性が、生徒たちを前に一礼した。すりきれた外套に首をうずめた男が横で正座していた。

「みなさん、大変申し訳ないのですが、今夜はお稽古はできません。こちらにいらっしゃるのは、刑事の田中さんです。田中さんは、新聞で話題になっている光永さんの失踪を捜査しています。ご存じのように、新年になってから光永さんは稽古にいらしてません」

突然の風で湖面にさざなみが立つように、生徒の間からひとときざわめきが起き、すぐに沈黙が戻った。

「皆、今回の失踪を解明するために、できるかぎりご協力したいと思っております」

「ありがとうございます」

刑事は答えた。

「光永さんは大晦日の夕方、自宅を出ました。このこと自体、奇妙です。大晦日は家族と過ごすものですから。それから一度も家に帰っていません。すぐに警察に通報はありませんでした。ご両親にはそうできない事情があったのです」

生徒のひとりで、斎藤先生からその厚かましさを咎められたことのある生意気な若い娘が刑事の話をさえぎった。

「光永さんが結婚のことでご両親と対立していたというのは本当なんですか？」

「まあまあ、お嬢さん。今夜は私から質問させてください。みなさんは毎週月曜日に光永さんと会っていた、ということですね。このうち何人かは、光永さんが最初に稽古に来たときからご一緒だったとか。どんな証言でも貴重な情報ですからお話しいただけますか？」

刑事はRのほうを向いて付け加えた。

「些細なことも、あまり意味がないと思えることも、われわれには役に立つのです。突飛な言葉、思いがけない会話、いつもと違う態度など、気づいたことは何でも、とくにこの三、四カ月で。よろしければ、今夜は、みなさんのお名前と住所の確認からはじめたいと思います。いずれ、証言のために警察署にいらしてくださるようお願いすることもありますから」

「さあ、一列に並んでください」

稽古の助手が手を叩きながら言った。

「そんなに時間はかかりませんから」

刑事はさらに大声で言った。

生徒たちは畳の上を滑るように移動して一列に並んだ。Rのまわりでさえずるようなおしゃべりがはじまった。

「ひそかに恋人がいたのよ」

「そんな人じゃないわ」

「そう？」

「きっと単なる家出よ。そのうち家に帰ってきて、妊娠してる、って告白するのよ」

「堕ろせばいいのよ、そうしたら人生は元通り」

「あなた、なんてひどいこと言うの？」

「だって普通でしょ？　まわりにいない？　中絶する女の子」

「彼女は、特別よ」

「ふつうの女性よ、あなたや私みたいに！」

「あなた、中絶したの？」

「ないに決まってるでしょ！」

「いずれにせよ、彼女は無口だったから、たいしたことはお話しできないわね。車から稽古場へ、稽古場から車へ。運転手が見張っているから、恋愛《アバンチュール》に残された余地は少ないわね」

「でも、彼女は稽古場だけに来ていたわけじゃないでしょう？」

列でRの前にいたあの厚かましい娘が、Rのほうに振り向いた。

「ねえ、Rさんは彼女のことじろじろ見ていたけれど、なにか異変に気づかなかった？」

列の後ろにいた女性が、手を口にあて、ぷっと吹き出した。

「僕、そんなに彼女を見てました？」

「でも当たり前だわ、稽古場で一番の美人さんですもの」

「そんなことない！　Rさんは光永さんだけを見ていたわけじゃないわ！　カナ子さんのことも好きよ。そうでしょ？　Rさん！」

後ろの娘が言った。

「みなさん、どなたも素敵ですよ」

「まあ。フランス人ったら。口がお上手！　フランス人との恋を夢見ている女性は多いんですよ。私とはいかが？」

Rが刑事に質問される番になり、厚かましい娘は前を向いた。この娘と話しているあいだ、心臓の鼓動が速くなっていることに気づいた。女性たちのおしゃべりで気が紛れていたが、これからはひとりでこの刑事を相手にしなければならない。刑事はきっと、見かけほど善人ではないだろう。何としても真理子を、彼女の名誉、彼女との思い出を守らなければならない。魂のくぼみに隠れた苦しみがまたもや戻ってきた。この苦しみに慣れることはできなかった。

「ではRさん、お願いします」

田中刑事はメモ帳から目を上げた。容赦のない、鋭い視線だった。

「あなたは実業家《ビジネスマン》ですね。砂糖や糖蜜、穀物の取り引きをなさっておられる、ということですね?」

「そのとおりです」

「日本にいらしたはじめのころは外交官だった。でも外交官は長く続けなかった。めずらしいケースですね」

「そういうこともありますよ。私は選ぶ仕事を間違えました」

「穀物を積んだ貨物列車一両分を買って、それを日本の商社と取り引きするほうが向いていたんですか?」

Rは田中の皮肉っぽい口調が気に入らなかった。それが人柄なのか、職業的くせなのか、Rにはわからなかった。

「ええ。刑事の仕事ほどには胸が躍りませんがね」

Rはやや嫌みな口調で答えた。

田中はさいわい腹を立てなかった。かすかに笑いを浮かべ、感じの悪さはやや軽減した。

「われわれも重荷を背負わねばならないときもありますよ。キリスト教徒なら、〝それぞれの重い十字架を背負って生きている〟とでもいうところですかね?」

「たしかに僕も自分の仕事の面白くないイメージをこの言葉を使って表現するかもしれな

い」

「ところで、Rさん、変わったところにお住まいですな」

「外国人にしてはという意味ですか？」

「あの辺はずいぶんと庶民的な界隈ですから。あまりインテリっぽくないし……」

「僕がインテリだと、誰があなたに言ったのですか？　それに、その言い方は僕のご近所さんを侮辱していることになりますね」

「そうですな。撤回しましょう。申し訳ない。でも、なぜ下町に住んでいるのか、教えてくれますかね？」

「それは、本物の日本が残っているからです。それもいずれ消えてなくなると思いますが。西洋をマネしたがるあまり、あなたがたは東京を粗末なマンハッタンに変えていくでしょう」

「おやおや、あなたを迎え入れている国を侮辱する気ですか」

刑事の目には、からかいもあった。

「ご存じでしょうが、日本の変容を嘆いているのは僕だけではありません。永井荷風がもうずっと前に嘆いています。僕が望むのは、この国の人たちも、日本の本当の価値は何かに気づいてくれることです」

「あなたのことが気に入った。もっとこの話を続けたいところだ。でも今夜は、文学や古きよき時代のことじゃなく、失踪事件についての捜査が目的ですからね。ご協力をお願いしますよ。あなたの外国人の目なら、われわれ日本人が見逃していることに気づいているかもしれない。またお会いしたいですな。よければ、あなたのお宅でお話をうかがいたい。警察署にいらしていただくより、あなたが暮らしている場所でね」

「ええ、喜んで。どうぞ」

「ところで、指を怪我したんですか」

「あなたが想像されたようなことではありませんよ」

田中は大笑いした。

「そりゃ、まさかね！　私だってあなたが、指を詰めさせられるようなヘマをやらかした、とは思いませんよ」

「家の沈丁花の生け垣を整えているとき、運悪く剪定ばさみで切ってしまいました」

「剪定ばさみか……ありふれた刃物はときに、サムライの刀より危険ですな。切断した指先は見つかったのかな？」

「庭で探し回るよりほかにすることがありまして。きっと蟻に食われてしまったでしょう」

「それはもったいない。日本の外科医なら奇跡が起こせる……。きれいに縫ってくれただろうに。どうぞお大事に。次回会うときは光永さんのことを話したい。あなたが光永さんを気に入っていたことは私もわかっている」

「ええ。美術作品のような美しさがある」

「残念ながら、彼女のことは過去形で話さないとならんでしょうな」

34

一九六九年十一月から一九七〇年元日

Rの看病をしたいというのが真理子のたっての望みだった。

真理子は近所の薬局で、鎮痛剤や包帯など、思いついた必要そうなものはすべて用意した。

手当てをしたあと、彼女は炬燵板を拭き、畳も拭いた。畳に飛び散った血は編み目の中まで入りこんでいて、完全にきれいにすることはできなかった。

それから、切断された指を拾い、ていねいに洗い、ガーゼで包んだあと、切り取った自分の髪や爪を包んだのと同じように懐紙で包んだ。布団にもぐり、鎮痛剤のせいでうとうとしていたRに、真理子はそれを持っていていいか、と聞いた。

同意した後、ぼんやり覚えているのは、真理子の唇が自分の唇に重なるのを感じたこと、それから「よく眠ってね、明日の朝くるから」と聞こえたこと。そうして、Rは指を切断したにもかかわらず、穏やかな眠りに沈んでいった。

真理子は四日間続けて来訪しRの世話をした。早朝、界隈が目覚める前にやってきて、夜は、人々が寒さに追われるようにして家に閉じ籠もってから帰った。真理子は、思いやりがあり優しく、おまけに器用だった。包帯を替えてもらうとき、Rは真理子を「僕の看護婦さん」と呼んだ。

この看病に費やした四日間が、ふたりの人生で最良の日々だった。

真理子は心静かで穏やかだった。顔はすべらか、眼差しは明るく、振る舞いには節度があった。ほとんど話さず、Rのことを見ているだけで満ち足りた様子で、Rが彼女のほうを振り返ると、優しい笑みが唇に浮かび、瞳は光り輝いた。

ふたりが十一月の深刻な事態を再び話題にすることはなかった。決断が下されたことは、ふたりともわかっていた。きちんと話し合ったこともなかったが、それはふたりの心に降りてきていた。あたかも宗教的な恩寵が、ときとして選ばれし者の額に光で印をつけるように。

Rの仕事も、いつもどおりに戻っていった。

ある意味で、何も変わっていなかった。

＊＊＊

年末前に最後に会った日、真理子はRに大きな荷物をふたつ預けた。ひとつ目には着物が三枚入っていて、真理子はRに、畳紙《たとう》から出し、折り目がとれるよう、竹製の衣紋掛けに掛けておいてほしいと言った。

「もうひとつのバッグには、下着や化粧ポーチなどが入っているの。そのまま置いておいてください」

さらに、一週間分の買い物をしておくよう真理子はRに頼んだ。十二月三十一日から一月五日まで、店は全部閉まるからだ。真理子は元日のためのおせち料理と屠蘇を用意するということだった。

大晦日の日暮れ前、真理子はやってきた。

Rは湯を沸かし、入浴を共にした。服を脱ぐとき、Rは真理子の前にひざまずき、唇を彼女のヴィーナスの丘に這わせた。それから彼女を抱きかかえ、真理子は足をRの腰に絡めた。真理子は大きく口を開けて笑った。ふたりはこうしてからだを絡めたまま湯船に入った。真理子はゆっくりRのほうに降りてきて、目を閉じたまま愛を交わした。

Rは風呂から出ると、先に上がった真理子はシンプルな和服を着ていた。

ふたりは茶室に行った。準備はしてあった。真理子がRのために茶を点てた。この上なく優雅だった。蠟燭の光のなかで、真理子はこの世のものとは思えなかった。

Rの前に茶碗を置いて、真理子が一礼したとき、幸福で胸がいっぱいになり、Rの目には涙が浮かんだ。

「一期一会」

こうささやきながらRは一礼し、茶碗を手にとって、飲んだ。


夜は炬燵で、日本中の四千万の家庭と同じようにNHKの紅白歌合戦を見て過ごした。ひとりが離れれば片方は死んでしまう結合双生児のように、分かち難く身を寄せあって。Rは真理子が作った料理をつまんだ。親鳥がひな鳥にするように、Rの口から真理子の口に、Rが咀嚼したものを口移しにして、今度は真理子がそれを咀嚼してRに返した。シンプルだが官能的な夕べだった。ふたりはその時間を仲むつまじい老夫婦のように過ごすと決めていた。

深夜零時、テレビ画面から、どこか北の地方にある雪に埋もれた寺の除夜の鐘の音が流れてくると、Rはシャンパンを開け、ふたりで乾杯した。

ふたりは寝室に移った。Rは布団を二組用意していた。真理子は笑いながら、布団が二組必要だったことはないし、とりわけ今回は必要ない、と言った。真理子は掛け布団の上に、着物の裾を広げて、横たわった。着物は帯だけで留められていて、果肉を覗かせたザクロか桃に似ていた。シニョンはほどいていたので、長い黒髪が畳に広がった。真理子はRを引き寄せた。Rは彼女の帯をほどき、着物を開いた。蠟燭の光のなかで、あらわになった両肩の丸みや、愛撫された彼女の胸の膨らみ、きゃしゃなふくらはぎを強調する白い足袋、鼠蹊部《そけいぶ》までむき出された足を見つめた。着物の裾の、絹の花びらのように重なった布の上で足の細さが際立っていた。

Rは真理子のほうに身を寄せ、燃え盛る茂みの下に隠れた彼女のめしべが発する官能的な芳香、あの五月の夜の香りに酔いしれた。真理子への欲望の渇きをRは癒やした。

その夜、あらゆる種類の快楽をRは真理子に与えた。彼女がからだを弓なりに反らせるような乱暴な衝撃から、かすかな震え、繊細な興奮まで。彼女はどこか遠くを見て、「あなた、あなた、あなた」とささやき続けた。

しばらくすると彼女は横柄で、尊大で、解き放たれた態度をとり、下腹部の熱を否定するかのような冷静な表情に、Rは当惑すると同時に魅了された。

明け方、疲れ果てて、からだを絡ませたまま布団に入って眠った。太陽の弱い光がふたりの顔を愛撫しにきて、目を覚ました。真理子はRの首を軽く噛み、それから耳元でささやいた。

「わたくしたちの愛は、無限の宇宙のように大きく、不滅だし破壊できない。あまりに不完全すぎるこの世界から、もう立ち去ることができるわね」

＊＊＊

その日の夕方、ふたりは最後の風呂に入った。彼女が準備しているあいだ、Rは茶室に行き、新しい寝具の上に純白の掛け布団と、枕をふたつ置いた。母屋に戻ると、Rは短い手紙を書き、真理子がそれに流麗な文字で二行、書き加えた。

「辞世の句よ。読んでみて」

Rは読み、笑みを浮かべ、真理子の額にキスし、それから手紙を折って封筒に入れ、目につくように炬燵のテーブルに置いた。

ふたりは軽く食事をした。雑煮を食べ、屠蘇を少し飲んだ。

それから、着替えをした。真理子は薄化粧をし、髪をまとめてひねり、頭のてっぺんでシニョンをつくった。当時、若い女性のあいだではやっていた髪型だ。金の刺繍のついた見事な着物を着て、帯を締めた。帯には飛び立つ一羽の鶴が描かれていた。

「これは結婚のときの着物なの。私たちの永遠の婚姻のために」

今度はRが着替えた。Rの着物はねずみ色で、浅黄《うすき》の仙台平《せんだいひら》の袴には、細く黒い縞模様があった。

「とても立派だわ。わたくしの素敵な旦那さま」

「そして僕のやさしい奥さん、あなたはこの世でいちばん魅力的な女性だ！」

真理子はポーチから、錠剤の箱をいくつか取り出し、炬燵に並べた。

「これが太宰治が、内縁の妻の小山初代と、四回目に心中しようとしたときに使った鎮静剤、カルチモンよ」

「ふたりは生き延びましたよね？　太宰が心中したのは、ほかの女性とでしたね」

「ええ。わたくしも調べました。わたくしたちは失敗するなんてことのないように、二百錠くらい砕かないと。それをお酒に混ぜて、お酒の力も借りて眠りましょう」

Rは台所に、乳鉢と乳棒を取りに行き、真理子が取り出す錠剤を細かく砕いた。

「こんな大量に、どうやって手に入れたんです？　東京のどこの病院でも、こんなにたくさん出してくれないでしょう？」

「あちこち回りました。三日間かかりました」


錠剤を全部つぶすのに一時間かかった。その粉を、真理子が一升瓶の酒に入れ、揺すった。ふたりはそれを茶室に運んだ。日は暮れ、月の光が明るく、ちりばめられた星に手を伸ばせば届きそうだった。底冷えのする元日の夜、障子を通して蠟燭の火が揺れる茶室は、外から見ると、まるで大きなランタンのようだった。

「なんて美しいのでしょう。これ以上すてきなお墓があるかしら」


履き物を脱ぐあいだ、Rは真理子の手をとった。Rは二組の草履を躙口の敷石の横にきちんと揃えた。

ふたりは向かい合って座布団に座り酒を飲み始めた。薬のせいで、苦みがあった。

Rはずっと真理子から目を離さなかった。背筋を伸ばし、Rの前の座布団に正座して、ひと口ずつ、静かな決意で飲んでいた。杯が空になると、真理子が注いだ。真理子は、美意識から、ありきたりの杯を使わないことにこだわった。そのため、二十個ほどの杯を柳のカゴに入れ、ふたりの間に置いた。

ふたりが以前に心中について話したとき、Rには、心中が逆境に直面したときの降伏の一形態のように思えて、抵抗を感じた。真理子を説得して、自分を彼女の両親に紹介してほしいと試みたこともあった。ある日には、Rひとりでも彼女の両親に会いにいくと脅したこともあった。

「もしあなたがそんなことをしたら、わたくしたちふたりとももうおしまい。わたくしは監禁されて、あなたを引き離すために、両親はありとあらゆる手をつかうわ」

「真理子さん、僕たちは文明国にいるんですよ！　本物の民主主義国で、個人には権利があり、個人の自由が最優先される」

Rは反論した。

真理子はため息をついた。

「本当に、何年も日本にいても、わたくしの家がどんな家なのか、まだおわかりではないのね。その残酷さときたら、洗練されているけれど容赦ないの。Rさん、断言するけれど、両親が寛大だったらあなたを国外追放してしまうでしょう。でも、もし両親があなたの罪を重く見たら、もっとひどいことになりますわ」

「罪？」

「わたくしを誘惑した罪よ」

徐々に、Ｒは空想に耽るようになった。真理子と過ごした日々は、完璧な愛だったので、彼女のいない生活はもう考えられなかった。真理子のおかげで、到達できないと言われているあの地平線に到達できたのだった。

真理子がＲに微笑みかけた。

「何を考えていらっしゃるの？」

「僕たちが今、乗り越えようとしている地平線のこと」

「それに近づくことさえ不可能だと思っていました」

「でも、これこそがいま僕たちがやろうとしていることです。地平線を乗り越える」

「地平線の向こう側に行ってしまったら、わたくしたちは見つかってしまうのかしら？」

「僕たちのからだは見つかるだろうけれど、魂はもう抜け出ているはず」

「遺灰は同じ骨壺に入れてほしいというわたくしたちの願いは叶えられると思う？」

「いや、無理でしょう。僕の遺灰は海にでも撒かれるでしょうが。でもそんなことどうでもいいんです。僕たちの魂はひとつなのですから」

真理子は新たに杯を二つとり、酒をいっぱいに注ぎ、Rに近づいた。

「あなたの口から飲みたいわ」

Rに杯を渡しながら真理子は言った。Rはそれに従った。

「あなたが僕にさせようとしていることは殺人罪だということはおわかりでしょうね？」

真理子が酒を飲み干したとき、Rは笑いながら言った。

「じゃあ、今度はわたくしがあなたを殺す！」

真理子は杯の酒を口に含み、Rの喉に流し込んだ。

「これで、おあいこ。ふたりとも殺人罪……」


一升瓶の三分の二まで飲んだ。アルコールと睡眠薬の組み合わせが効果を見せはじめていた。真理子は朦朧としはじめ、倒れ込みそうだった。Rもぼんやりしながら、真理子を両腕で抱えた。

「横になったほうがいい。さあ」

真理子が布団に横たわるのを手助けした。真理子の着物を整え、シニョンのじゃまにならないように枕の位置をずらした。彼女の頭を支え、最後の一杯を飲むのを手伝った。

真理子はRに微笑みかけ、なんとか、ろれつが回らない口で言った。

「あなたのことを愛しています」

Rも横になり、真理子を抱きかかえた。真理子は無意識にからだを縮めてRにぴったりとつけ、支離滅裂な言葉をもごもご言いながら目を閉じ、眠りについた。

Rは少し離れて、真理子の美しい顔をじっと見つめていた。顔にはかすかな微笑みが漂っていた。

Rが横になったとき、茶室の天井がぼんやり見えた。頭を真理子のほうに向けた。Rが見た最後の像は、真理子の澄んだ横顔《プロフィール》だった。

35

一九七〇年一月二日

目を覚ましたとき、夜はすっかり明けていた。

海の底からゆっくり昇ってきたようだった。彼はまず顔に冷たさを感じた。それから胸に重みを感じ、締めつけられ、ほとんど息ができなかった。

それから、まぶたをゆっくり開いた。からだはべたついていた。徐々に意識が戻ってきた。

茶室にいて真理子が横にいたはずだ。

失敗してしまった。かつて、呪われた作家・太宰治が失敗したように。睡眠薬の分量が充分ではなかったのだ。重い二日酔いのようになっただけだった。

神々はふたりの死を望まず、この世の中に戻してふたりの愛を現世で認められるようにしたのだろうか。

彼は吐き気をこらえながら頭をゆっくり回した。真理子が目を覚ますのを見ようとした。おそらく彼女は、彼より少し後に昏睡状態から覚めるのだろう。彼女の体重はRのほぼ半分だったので、薬の効果ももっと長く続くはずだ。

彼女は穏やかに眠っているようだった。彼女の微笑みは今も唇に漂っている。しかし、微笑みは動かなかった。真理子の顔に手を近づけた。呼吸を感じなかった。大きな寒気がRの胸を締めつけた。彼は身を起こし、彼女の頬を撫でた。頬は硬く、冷たかった。石のように。

真理子は死んでいた。

彼はうめき声をあげた。もし隣の佐藤家が正月で故郷に帰っていなかったら、彼らはRの絶望の叫びを聞いただろう。しかし、このひと気のない界隈には、この声を聞くような人は誰もいなかった。神々が、霊廟《パンテオン》でひそかに聞いていた以外は。

ひどい吐き気に襲われ、彼は外に飛び出し、縁側に倒れ込んで吐いた。痙攣《けいれん》が止まりそうもなかった。

長い間、呆然としてそこにいた。しゃくりあげ、すすり泣きながら。ついに立ち上がり、たらいに冷たい水を入れ、身を清めるために浴びた。冷たさのせいで正気に戻った。

Rは茶室に戻り、長い間、真理子を見つめた。彼女は死してなお美しかった。抑えることができず、声を殺して泣いた。

ようやく、部屋を少し片付けることにした。死後硬直はあったが、真理子の両手を胸の上で組ませることができた。少し乱れていた着物の裾を整え、頭の下に枕を入れ、鎖骨まで、掛け布団をあげた。

柳のカゴに杯を集め、まだ酒と睡眠薬が少し残っていた一升瓶を母屋に運んだ。流しで一升瓶を空け、すすぎ、ゴミ箱に捨てた。杯は流しに置いた。

真理子が大晦日に着た着物の近くに、紐を一本見つけた。Rは台所から脚立を持って茶室に戻った。茶室で、長い間、静かに真理子を見つめた。夕暮れの薄明かりのなかで、額に身を傾け、そこに長い口づけをした。

相変わらず吐き気も感じながら、片手に脚立、もう一方の手に紐を持って、廊下に行った。脚立に乗り、紐の端を、梁に渡して結び、強度を確かめたうえで梁の中央に移動させ、自分の首を通した。茶室のほうを向き、勇気があるうちに脚立をけとばして、倒した。紐が彼の喉を強く絞め、腕と足が痙攣したように動いた。

しかし、その瞬間梁に結んだ紐の結び目がほどけ、彼は縁側の床にどさっと落ちた。

酸素不足でくらくらしながら、咳き込み、嘔吐した。

長い間、打ちひしがれ、寒さと恐怖で震えながら、少しもからだを動かせなかった。

なぜ、神々は自分をこんな辛い目に遭わせるのだろう？

自分には原罪があり、神々はそれを償わせようとしているのだろうか？

Rにはもう、運命の神の論理も、その無分別な激しさも理解できなかった。

ようやく身を起こしたとき、日は暮れていた。首にからまった紐をはずし、脚立をたたみ、茶室に戻ると、茶室はまっくらだった。蠟燭を見つけ、マッチを擦って火をつけた。

蠟燭の光を浴び、真理子の顔は、この世の疲れも怒りも忘れ、清らかだった。

Rは真理子の足下に座った。ショックでぐったりし、首と喉にはあざができていた。そのまま長い間じっとしていた。

突然、Rは思いついた。
真理子は、Rと一緒に、この茶室で死にたいと願った。彼女が眠るべき場所はここなのだ。ふたりはあの世でひとつになって、恋人たちに約束された浄土で生まれ変わることはできなかったが、それでもRは、別のやり方で、ふたりの願いを叶えようとした。
真理子を自分のそばに留めておくことにした。

敷布団を引っ張って遺体を移動させ、茶室の地下に通じる畳を持ち上げて、壁に立てかけた。それから、地下室の揚げ板を覆っている床板を引き、レールの上を滑らせた。地下に向かう急な梯子《はしご》を降りていき、天井灯をつけた。
真理子がきちんと眠れるよう、スペースを空けなければならない。

コンクリートの床の上のすのこに置いてあった箱やトランク、ケース類をひとつひとつ、母屋に持っていき、押し入れの、二組の敷布団と掛け布団が入っていた場所にしまった。こうして、地下から運んだものはみな、しまうことができた。

ほかの押し入れの中で、Rは四国で遍路巡りをしていたときに野宿するために使っていた寝袋を見つけた。寝袋には、顔を完全に覆うフードがついていた。真理子が持参したふたつのバッグには、彼女の着物、化粧ポーチ、着替えの下着をしまった。これらと二組の布団を茶室に持っていった。

その場で、真理子の遺体を寝袋に入れることにした。遺体は硬直していたが、それほど難しいことではなかった。彼はとても優しく、ていねいに行った。真理子の足のほうに着物の裾を引っぱり、腰に沿って袖を引き、寝袋のフードに枕を入れ、くずれたシニョンを整えた。

それが終わると、最後に真理子の顔を眺めた。彼女の写真は一枚もなかったが、そんなものは必要なかった。からだのどの部分も、声のどんな抑揚も、眼差しのどんな光も、尖らせた口も、彼を見つめる仕草も、笑顔が急に輝く顔も、涙の味も、口の味も、髪の香りも、首筋のくぼみも、脚の細さも、左腕にある小さなほくろの形も、これらはみな、Rの記憶に永久に刻まれていた。

Rは真理子のほうに身をかがめ、氷のように冷たい唇にキスをした。

彼女の顔にガーゼのハンカチをあて、寝袋のフードを頭にかぶせ、ジッパーを完全に締めた。

マットレスを二枚、地下に降ろし、重ねて、シーツをかけ、手で平らに伸ばした。

茶室に上がると、真理子をゆっくり揚げ板のほうに引っぱり、数段下り、それから抱きしめたまま、ゆっくり自分のほうに引き寄せた。彼女の頭が梯子の柵にぶつからないように気を配りながら。真理子を二枚重ねのマットレスにのせ、掛け布団を二枚かけ、カバーの裾を二枚のマットレスの間に固定した。

Rは戻って、ふたりが永遠の眠りにつくはずだった布団も取ってきて、真理子が横たわっている布団の脇に置いた。

それから、真理子のバッグを地下室の棚に置いた。

Rはしばらく瞑想した。それから天井灯を消した。

金属製の揚げ板を、レールの上をすべらせて閉め、閂をかけた。取り外しのできる床を元の位置に戻し、こうして畳はぴたりと嵌め込まれた。

母屋に戻ると、浴槽に湯をはり、湯船に浸かった。

朝の最初の光が窓を染めていた。彼は目を閉じ、嗚咽した。

36

一九八六年一月六日

仏壇の前で瞑想したあと、ピアノの前に座った。

真理子が亡くなって一カ月後、ピアノの前に座ったとき、Rは怪我した手で弾かなければならなかった。左手の角を鍵盤に押し付けることで、なんとか弾くことができた。数週間練習すると、かつての技量を取り戻した。アリオーソの演奏は荘厳さが戻ったように思えた。

Rは十七年前に戻っていた。フランソア喫茶室にいる。真理子が演奏を聴いている。背後に真理子の存在を感じる。もう以前のように真理子が姿を消すことはないだろう。もう一度弾く。今度はもっとゆっくりと。両手は鍵盤の上でいっそう軽くなる。この曲を二オクターブ低く演奏する。これは、一九七〇年、真理子がひとり浄土へ旅立った夜からRに取りついている悲しみの歌なのだ。

Rももうすぐ、彼女に会いにそこに行くつもりだ。

鍵盤にフェルトの布をのせ、ピアノを閉じる。つまらぬことにこだわるものだと内心、微笑む。何の意味があろうか？　数時間後にはこの家のすべてが瓦礫《がれき》となってしまうのだから。

そのときがきた。

寝室の床の間には、刀が二本、長刀と短刀が飾られている。鎌倉の骨董屋で買ったものだ。短刀は、珍しい〝首切り型〟の素晴らしい刃を持つ十八世紀のものだ。この短刀こそ、この状況にふさわしい。最も効果的な方法は、二本ある頸動脈の一本を切ることだと調べてあった。手首を切ることで自殺できるかは運次第だ。二回に一度は失敗する。失敗するつもりはない。

刀を茶室に持っていく。いくつかの道具も。先の曲がった千枚通しと麻ひもは、近所の畳屋で買ったものだ。

茶室は散らかっていた。

炉から釜を外し忘れたことに気づく。許しがたい失敗だ。釜はほとんど空だ。Rは水を加える。いつもの病的な細かさ、細部へのこだわりは、もうさほど意味がなかった。炉のなかの炭はほとんど燃え尽きていた。

Rは十六年前から開けていなかった地下室の揚げ戸を覆っている畳を、千枚通しを差し込んで持ち上げた。Rの心臓の鼓動が強くなる。立ち上ってくるのは、長い間閉めたままにしていた部屋の臭いだ。

畳に千枚通しであけた穴に麻糸を通し、留めるための結び目をつくる。それから、畳の裏からもう一度、千枚通しで麻糸を通し、糸を固定する。この畳は上等で、通常使われているものの二倍の厚みがある。それゆえ、千枚通しを畳の奥深くまで通すには力を要する。千枚通しの先端を五センチ先に出す。Rはその先端を引き抜き、あらためてもう一度刺して、返し縫いをする。それから三重の結び目をつくり、頑丈さを確認する。結び目に関して、以前のように不運な過ちを二度とおかすことはできない。

Rは畳を元に戻し、半開きの揚げ戸の上にのせる。

地下室に入ると、真理子をくるんでいた掛け布団は嵩《かさ》が減っていた。なかに誰も入っていないかのようだった。

「ただいま、真理子。やっと君のところに帰って来られたよ」

Rはささやいた。

馬鹿げていることはわかっていた。しかし、死者に向けて、生者が声をかけることを誰が妨げられよう？

Rは床板をはずした。それを、階段の上、手のとどくところに置き、麻糸を引き寄せ、それに繋がれた畳を動かすと、床板の上に落ちてぴたりと嵌まる。あとは麻糸を自分のほうにたぐり寄せれば、完璧に閉まる。


Rは階段の最後の数段を下りる。短刀を鞘から出し、電気を消し、真理子が横たわっている床の隣の空いている布団に身を横たえる。短刀の刃は見事に鍛造されている。Rがそれを首に、生命が脈打つ場所に当てたとき、刃は、風のそよぎのように繊細だった。

＊＊＊

静けさを取り戻した茶室では、わずかな湯気が釜から立ち上っている。

田中は袋小路の入り口に立っている。

角村は、いつものボディガードを従え、いつものシガレットホルダーを口に咥え、田中の脇にいる。

田中は、猫背ぎみだ。まだ年齢のせいではないだろう。

その朝はよく晴れ渡り、東京の小高い場所から富士山が見える。


路地の奥では、ブルドーザーが動いている。午前中の早い時間に、Rの家の庭と空き地を分けている垣根は職人たちによって解体されていた。沈丁花の生け垣は踏まれ、刻まれ、ぺしゃんこになった。ブルドーザーが茶室に近づく。

「この見事な茶室を壊すのに、時間はどれくらいかかるかね」

田中は訊いた。

「壁を三、四回打ちつければ屋根が崩れるだろう」

角村は答えた。「そのあとは二、三時間で、資材を片付けて、更地になる。日本建築は脆《もろ》いもんだ」

「われわれの文明はぜんぶが脆い。建てるのには多くの時間をかけて、壊すのはあっと言う間だ……」

「この世のものは、みなはかない。そうじゃないかね」

田中は、角村のほうを向いた。

「ところで、角村さん、Rは本当に見つからなかったのかい？」

「ああ。今朝、玄関をノックしたが、返事はなかった。若い者には、必要なら力ずくでも引っ張り出せ、と言ってあったんだが。引っ越し屋も呼んで、トラックでRの荷物を運ぼうかと思ってね」

「茶室にもいなかったんだろうか。Rはとんでもない時間に茶をやっているそうだから。夜中でも」

「くまなく探したが、どこにもいなかった。ただ、かなり大量の血が広がっていた。母屋には少し、茶室が特にひどかった。茶室には、割れた茶碗がころがり、道具が飛び散って、それはひどいありさまだ。炉にかけた釜の湯は、まだ温かかったよ。強盗でも入ったのか……」

「Rは自分のかかえている悪魔相手に戦ったんだろう」

「解体作業をやめて、警察を呼ぶかい？」

「警察ならあんたの隣にいるよ」

「引退した刑事さんかい？」

「刑事はいつまでも刑事だよ。いや、誰であれ、呼ぶ必要はない。作業を続けてくれ。ところで、今後ここには何が建つんだね？」

「なんにも。ゆくゆくは分譲地の入り口になるはずさ。とりあえずは駐車場にしてね」

「地下は掘るんだろうか?」

「いや。アスファルト舗装するだけだ」

「確かなんですな? つまり、ほんとうに舗装するだけなんだな」

「それは、警察からの命令かい?」

「命令……。いやむしろ引退した老いぼれ刑事が、あんたのご厚情にすがっていると言ったほうが当たっているがね」

角村は田中の言葉にうなずいた。

「わかった。そうしよう」

元刑事は向きを変え、袋小路に向かって数歩進んだ。それから、角村のほうに振り返った。

「なあ、角村さん。解決しないほうがいい事件もあるんだよ。人それぞれの心を乱さないためにも……」

庭の奥では、今まさに茶室の茅葺き屋根がブルドーザーの衝撃を受け、崩れ落ちようとしていた。

了〔FIN〕

鎌倉、東京、ニューヨークにて
二〇一七年五月

参考文献

『失われた時を求めて』11 第六篇「逃げ去る女」
（集英社文庫ヘリテージシリーズ
マルセル・プルースト 鈴木道彦訳 完訳版）

初出
Le pavillon de thé
Richard Collasse
SEUIL社より二〇一七年刊行

本書はフィクションであり、
実在の人物・場所・企業名等とは無関係です。

訳者　堀内ゆかり
学習院大学外国語教育研究センター教授
訳書クリストフ・バタイユ『時の主人《あるじ》』（集英社）、
ターハル・ベン＝ジェルーン『最初の愛はいつも最後の愛』
（紀伊國屋書店）ほか。

テキスト編集　久保田梓美
編集者、ライター。
演劇台本「マハーバーラタ─ナラ王の冒険─」
「イナバとナバホの白兎」など。

Richard Collasse
リシャール・コラス

一九五三年七月八日フランス生まれ。一九七五年パリ大学東洋語学部卒業。一九九五年ハーバード大学Advanced Senior Management Program参加。日本在住四十五年以上。一九七五年より在日フランス大使館儀典課勤務。その後AKAIのフランス代理店勤務を経て、一九七九年ジバンシィ日本法人を設立。一九八五年まで同法人の代表を務めた後、シャネル株式会社に入社。一九九五年同社代表取締役社長に就任。二〇一八年より、シャネルSARL（スイス）へ赴任。シャネル合同会社会長も兼務。フランス国家功労勲章シュヴァリエ、レジオン・ドヌール勲章、オフィシエを受章。二〇〇八年日本政府より旭日重光章を受章。私生活では小説家として活躍。『遙かなる航跡』（二〇〇六年／集英社）、『紗綾』（二〇一一年／ポプラ社）、『旅人は死なない』（二〇一一年／集英社）、『波　蒼佑、17歳のあの日からの物語』（二〇一二年／集英社）ほか。

撮影
秋元孝夫
ブックデザイン
鈴木成一デザイン室
Special Thanks
千種さつき

茶室《ちゃしつ》

二〇二〇年三月三一日　第一刷発行

著者　リシャール・コラス
訳者　堀内ゆかり
発行者　日高麻子
発行所　株式会社　集英社
〒一〇一-八〇五〇　東京都千代田区一ツ橋二-五-一〇
電話　編集部　〇三-三二三〇-六三九七
読者係　〇三-三二三〇-六〇八〇
販売部　〇三-三二三〇-六三九三（書店専用）
印刷所　大日本印刷株式会社
製本所　ナショナル製本協同組合
 ISBN978-4-08-780898-8 C0097

集英社文庫

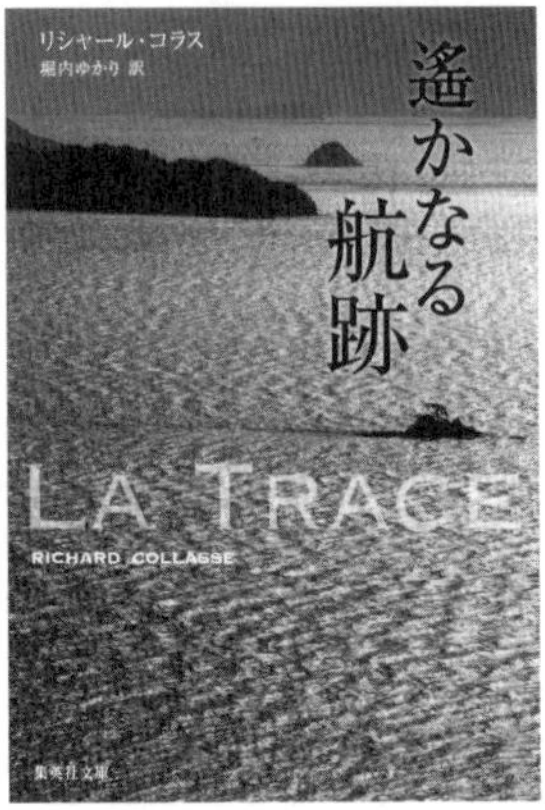

遥かなる航跡

著者：リシャール・コラス　訳：堀内 ゆかり

18歳の夏、日本。人生を狂わせた運命の恋
1972年フランス青年の「ぼく」は初めて旅した日本で一人の少女と出会う。人生の航路を大きく変えたその邂逅から35年後、日本に住む「ぼく」に一通の手紙が届く。美しくも哀切な自伝的小説。